文
景
———————
Horizon

朱天心

初夏

荷花时期的

爱情

上海人民出版社

目录

附　录

初夏荷花时期的爱情

——我们已入中年，三月桃花李花开过了，我们是像
初夏的荷花——

说这话的是一名六十多年前的多情男子，时年三十九，已婚，求爱的对象是一名孀居女子，年长自己一岁。

忧畏人言的女子有没有接受他的说词，并非重点，他们的年纪卅九、四十，还年轻，比起我们打算说的一个真

正中年的故事。

慢慢来。

多年后，你屡屡被一幅老相片闪电插入脑子里，那是大学时期被迫跟随喜好艺术电影的学长参加电影社时看过的电影及其剧照，照片中，一对优雅的老夫妇衣帽整齐地并肩立在平直的、古典风格的桥上凝望着。当时你惑于学长们各种电影分析语言，并未仔细好好看清二人脸上的神态，事实上，你对所有（管他经典大师电影里）的年长于自己的人，毫无兴趣，毫不关心。

现在想来，无论如何，都有一种，喟叹的表情。

喟叹什么呢？以前以为，一定是一种东洋美学的喃喃自语例如："さびしい寂寞呀……"

渐渐地，那幅已不叫剧照或相片，而仿佛是你曾经在场目睹过的景象不时盘踞在心上，你太想知道他们在喟叹什么，谁叫你还不到他们的年纪。

你自然已比卅九、四十大上许多，事实上，你偶尔回忆起那个年纪时的用词是"年轻时候"，与十五二十岁联成一块，或该说，都归类为生机、欲望勃郁的状态。你一点也不习惯自己的年龄状态，只得频频依赖同类来再确认。

同类，是什么呢？

是公共场所中，即便只群聚三五人便哄笑分贝最高如初中女生下课的教室，面色潮红无法再上粉因此遮盖不了长期失眠青黑浮肿的下眼袋。她们通常剪着高中发禁年代也从未有的短发还是太热太热，挣扎于下次染发前的焦虑，最怕人俯视于她头顶，怕那泛白的发根让人错觉为愈益稀宽的分线。她们穿着前半生从不愿碰的薄棉纱（因为太像记忆中的老婆婆）、透气麻（太像记忆中的外国老婆婆）、清凉丝，可以的话，快别穿内衣，害怕那胸罩的肩带钢筋也似的扎进肩膀，胸小的，早已找出女儿（或孙女？）好些年前短暂穿过扔在衣橱角落的半截棉内衣（秋凉的天气，错觉自己回到小学六年级）；她们不分胖瘦一致失去腰线，瘦的人像蛙类，胖的像米其林轮胎标识的橡皮人。

她们通常绝口不对圈外人提更年期三个字，害怕尤其公狮们闻声纷纷走避，包括自己的丈夫或伴侣。

但通常最吸引你注意的，还是她们在欢闹的人群中偶尔浮现的一抹恍惚出神（多令人心碎！），那恍神内容通常并非社会性的（唉儿子继女儿之后又延毕整天在家打电动聊天哪天网交被侧录偷拍勒索怎么办？老爸的照护外佣又快到期谁去不辞劳苦走一次申请程序费用兄弟姊妹怎么分担？丈夫的公司彻底移去大陆退休太早难不成决心正式变台劳？）。是了是丈夫，如何阉了一样的公狮，不再理人。

是的，没有一种寂寞，可比拟那种身边有人（有子女、家人、一起生儿育女的丈夫）、而明明比路人还不交集目光的。

更别说，另一种丈夫，人前人模人样，进出电梯总让你先，上菜时会为你挟菜，出国回来一定带你喜欢的特定一种巧克力……不可思议的屋子角落藏着色情光盘和一些你们年轻时代男生抱读的劣质小本（是怎样他回到青少年时代？），你简直不知他什么时候看，是你较早入睡的夜晚吗？你想象他宵小般的偷偷起床，蹑手蹑脚取出光盘观看别的女子的裸身艳姿，自己的身体势必起着回应，那与嫖妓是全然不同的事吗？

也有丈夫养着好多的女人（办公室的，大陆厂里的会计，公司附近午休的日式咖啡馆比女儿还小的工读生，某友人刚遗弃找上他哭诉比你不年轻比你不美的女人，嫁到美国的旧日空姐女友……），重点是，丈夫不再碰你，不靠近你，但到底是不要还是不能（年纪大了，服高血压药），你只得假装这是全天下再平常不过的过下去。

这与不在婚姻状态的独居人的寂寞，有不同吗？

身边没有人，就不生有感情的欲望，也就没有欲望不被回应不被满足的问题吧。

恍神的女人们，不仅觉得丈夫们前所未有地陌生，连自己也空前之陌生，过往鲜润的气管或身体其他管状物，不是如露在屋外经年的管线遭风吹日晒的脆薄转瞬便可成齑粉，就是褪色走气充满霉斑的扁带状物；所有的囊状器官皆胀气，弹性疲乏的煞占空间，是以腰腹当然无法窄仄紧衬，你们相约洗温泉，相濡以沫认识并确定这样的身体不丑怪，正常得很，不像那偶尔走进一个谁人肯跟的女儿，九头身，无论胖瘦骨肉都肯贴合，肌肤因此得以紧绷，畸形得像另一种物种，螳螂之属，或好莱坞电影中的外星客。

所以不是老，不是怪，只是有别于年轻时。

再回到那张老照片美学的泛黄黑白剧照吧，优雅（应该已没有欲望）智慧文雅的老人，和哑然笑着、从容就老的慈祥女老人（应该也没有欲望），在喟叹什么？

你好奇极了，亟想能移动鼠标，游标点进老奶奶脸上，就像一些粗陋的自制动画短片，老奶奶口中应该会像漫画人物吐出一圈对白框解密，你想知道的是真实的、并非编剧和导演赋予他们的，否则，要找到那经典电影并不难，而且电影中他们喟叹着的也许真是"寂寞呀……"

得找到那样一座桥，得找到那样一个黄昏，那样一个并肩站立的人。

于是你暗暗开始计划一趟旅程，麻烦的一向不是钱和时间，是旅伴，一名丈夫癌死了好几年的友人，已习惯人人安慰她的寂寞哀伤，以为自己理当是所有人的旅伴玩伴首选，所以，这回要排除她，成了最难的工作。

退休没退休的友人，津津谈论旅游计划总是饭局的重点主题，地点、玩法、费用等等，南极已有半数人去过（"唔，还不错玩。"），昆大丽？谈论了十分钟才知道是昆明大理丽江之谓，不然之前还暗自以为地理念得如何差到不知人间有此重要旅游点（一开始猜想可能是墨西哥坎昆类的地方哩），友人们大动作地抢着说笑话，闪着电视购物频道和市场口金饰店买的便宜珠宝，你这几年也开始不明所以地戴，喟叹，是喟叹，小时候曾发誓绝对老了才不要像妈妈阿姨她们那样珠光宝气丑死了，这才知道，戴耳环，以免他人目光滞留在不远处鱼尾纹的眼睛和缺乏水分、胶原蛋白的腐颊；戴颈链坠，为了遮掩那深如地峡的颈纹；亮晶晶的钻表，以防看到黯淡长斑的手臂；戴戒指，愈闪愈好，才不致发觉其下肿如小热狗或瘦如枯叶脉的手爪。

你发现，原来珠光宝气不为吸引人，而是躲避人（是防御的盾牌），不为炫耀，而是转移焦点的作用。

若有黄金甲此物，你也很愿意尝试。

其次要排除的是女儿，但那容易多了，只消礼貌地走一趟程序，先诚心邀请她（记不记得夏天可以吃到或买到季节限定的什么什么），女儿小孩气地快乐答应，而后几天，这已是这些年的固定公式了，开始理由出笼，报告没写好，学校的打工不好中断，最后干脆直说，能否将旅费折抵成一个 LV 包或新手机（儿子更早，要求旅费折成笔电或单车以及单车环岛的旅费），女儿肖想你的 LV 包很久了，有时你觉得，这是你们唯一的联系，女儿比婴儿时肖想你的胸怀还恋慕你的包包。

因此此行只能和丈夫，择一黄昏，并肩站到那样一座平直的桥上，一定能得到答案，余生没有比得到这答案更重要的事。

桥不难找，只要上Google键入电影名字，而后导演、演员的一堆疯狂资料和链接网站必铺天盖地涌上来，更不用说那桥，其历史、故事、四季不同风貌的照片、在哪里、怎么去、交通工具、票价、一日游、桥畔的美食地图……一堆背包客和影迷狂热地交换资讯（桥头西侧第二家竹器店的自制小扫帚用来清理桌上的烤面包碎屑很赞内），焉知你要的桥,并非那样就到得了的,那是常人所去,常人所看到的,并非你心目中的。其实那样形制的桥,多年来你常去的异国城市有那么几座可以的,便向丈夫提议那旅程。

近年已少作家庭旅行的丈夫不免诧异,含糊其词地答应一个约略的时段,你怕横生枝节地说那就订旅馆机票喽,果然丈夫觉得奇怪地问就我们两个人?追问儿子女儿,确认他们不去时,又问个名字果然是那丈夫癌逝的女友,你乱答说她那时要去南极。

那旅游的日子不远不近地在两个月后,届时儿子女儿放暑假家中有人留守。这期间,并没什么大事(不知卧病经年的婆婆过世算不算大事,但也没累到你,你们有默契:抢着办后事的人便有财产优先分配权),丈夫的侄子们卖掉无甚可惜的老家,整出一袋丈夫的旧物交给你,无非是老照片纪念册毕业证书退伍令和日记(仿佛死的是丈夫)。

《日记》

于是一对没打算离婚，只因彼此互为习惯（瘾、恶习之类），感情薄淡如隔夜冷茶如冰块化了的温吞好酒如久洗不肯再回复原状的白T恤的婚姻男女，一本近四十光年外飞来的日记，故事不得不开始。

你迟疑该不该打开日记、侵入他人的隐私，好多年了，你仍不知该把丈夫归类为他人或自己，因此你们拿捏不了这分寸，你可以侵入他的身体（当然，近年是以喂食各种维他命和健康食品），曾经他的心，他的信用卡账单明细，他丝毫不在意，但他在意极了你翻出他的色情光盘读物，他说，他还愿意说的时候，"你上厕所抠脚皮时愿意让人看到让人分享吗？"确实这些事无关欲望一人便可完成。或许你在意的是，他欲望的对象竟是他人。

但你认出日记是你当年送的，多少你拥有这本日记硬体的所有权吧。

你深吸口气打算潜入深海似的打开日记，首页既陌生又熟悉的自己的字（高中那两年所手写的作业考卷的字量远远超过后半生所加起来的），写着天真甜蜜的祝词，那股潜藏的撒娇劲儿令现在的自己当场脸红起来，可是丈夫，那个比现下的儿子女儿都小几岁的少年如何实头实脑丝毫都接收不到这讯息？因为接下去的每一页，那个少年自认冷静理性的自剖分析对你的感情，猜测着你，最终只得以无怨无悔的祝福作结。

你才看一页，就知道这将是未来岁月的所有支撑。

那恰是一整年的日记，你是贯穿其中的主角（是写日记的少年说的"你是我所有梦中的情人"），但你已无法清楚回忆那牵动少年动摇、动情、思念、悔怨、沮丧欲死的是什么。（少年写着"还是想死，那是另一只柔柔的手。"）

你如何做过、说过令十八岁少年想死的事？也许那时只因第二天的考试你不愿放弃、也许觉得天下好大好想闯闯、也许曾以为自己爱的是女生不愿叛离……因此你拒绝过他的看电影邀约或陪你等车搭车回家……

你只翻读了几日的日记，心底抽痛着，就像日记中那少年凝视你的相片时会抽痛的怜爱。

无论多想死的少年，无论你如何折磨，每日日记结束总心胸宽大地为你祝福祈愿，至为洁净地祝愿你有个好梦，"让你在我怀中睡去，让我低吟童谣，再给你一只大狗熊、一只长颈鹿，如果真令你开怀，但愿那不是梦，不会是梦。"

（多像一首歌的歌词）你这倒想起女儿婴儿时，轮到丈夫负责哄睡时，他总喜欢唱Beautiful Boy，喜欢披头四的丈夫，曾被人说长得像蓝侬，而你很长一段时间的清瘦脸、浓眉，也被说过像小野洋子，那么丈夫是把女儿当作是亲爱的 Sean 哄吧，更早几年，他怕是也把你当小东西哄吧。

你眼睛热热的，一心等着蓝侬，不，比蓝侬年轻多了的少年回来，充满着爱意，想拥抱那少年，毕竟日记中写道"再见面时，我一定要忍住不抱她，不亲她，狠狠地忍住。"你只想连本带欠着地拥抱他，亲他，狠狠地。

你浑身热热的，像年少夫妻时短暂分离后的等待，仿佛被这分离切开的伤口，得赖他愈合。

丈夫进门，你骇异到捂住口（原来这动作是为免心跳出口），他如常的坏脸色，一定是车位又被某白目邻居占跑了。怎么说，你等的既是这人，又不是这人。一个黄昏，你以为进门的，是那个写日记的少年吗？那个当时不期而遇见面时穿着学校制服、还没靠近你都可感觉到真实的电暖炉热度的少年，他且有一种特殊叫人晕眩的气息（那时以为是暖乎乎的烟味，现在猜想是宜于你的费洛蒙吗？），他总目光不移地笑着看你，你做什么说什么，诳语绮言的，他都笑着完全承受。

怎么会是眼前这个进门至今正眼也没看过你一眼的

人呢？

你们按着平日各自的动线、习惯在屋里更衣、沐浴、浇花、洗碗、整垃圾、躺沙发上看电视……你扎煞着手，无由接近他，做你一个黄昏想做的，紧紧拥抱他，像当年他在每一天的日记中所期愿的。

大气中，你觉得失去了那少年。

啊，如此渺茫，如此悲伤，但又不可以，你不失理智地告诉自己并无人死去无人消逝，你思念的那人不就在眼前?！你们照着老样子的方式过完晚上，从儿子去中部念大学，你们便别寝了这些年（真喜欢躺在儿子单人床垫上可以仰天张开双手放心打呼噜），你一时找不到理由搬回房，像曾经过往数十年那样怕梦中会漂流迷失便两人手牵手地睡。

之后的一段日子，你把那日记带进带出，干脆重新把每张护贝（因翻动没两下就纷纷脱页），那一字一字皆活的，令你觉得在做标本似的，把一只珍稀的蝴蝶、美丽的蜻蜓封住，不会再凋朽。你且不贪多，一天只看一页，挑与你此时此际同月同日同季节，四十光年外的那少年在同样一个时间写着：

     ——当市场收歇，他们就在黄昏中踏上归途，

     我坐在路边观看你驾驶你的小船，

     带着帆上的落日余晖横渡那黑水，

     我看见你沉默的身影，站在舵边，

     突然间我觉得你的眼神凝视着我；

     我留下我的歌曲，呼喊你带我过渡。

                        泰戈尔《横渡集》

     向往一切一切，都像烟圈，骑在风上的烟圈。

     祝你晚安，好姑娘——

    毋庸置疑地，那少年死得比你丈夫的感情还要早，那时的丈夫，那少年吧，喜欢读诗，会念诗给你听，郑愁予的、叶珊的。[几年前儿子在准备学测（以前叫联考）时便也读过愁予的诗，你听到几句熟悉的催眠样的字句，此后遂绝。]

现在的丈夫，至多只看报纸财经杂志和排行榜上的人物传记，偶尔咖啡馆里等约见的友人同事时还会去拿架上的八卦杂志。（那不是另一种的坐马桶抠脚皮应该私下无人做的？）

——唯一的一件事，先把大学考好。

我相信，××将是我最后一次的用情。得不到××，我不管自己是否是一个没有感情活不下去的人，我也将把自己感情的生命结束。

××，我会等你，即便是白发苍苍的晚年，这句话仍然是有效的……——

但你要那种感情做什么？就像最后一次丈夫回答你的"难道认真工作赚钱，对你和孩子们负责任不算是' '吗？"他依然不肯说出那个字，他也不愿做出半点前半生花了好长时间教会你的。

包括丈夫在内的男子们想尽办法教会了你们性是爱情

23

的最佳表达方式，你们相信了，也渐渐深有所感乐在其中，忽然他们一手推翻了那定义，要你为何不能像别的父母（动物）那样好好爱子女，不要再这么在意他。他们且不愿再做半点接近性暗示的举措，哪怕只是握握你的手，轻扶你的腰（或曾经腰的位置），触触你的脸颊头发，常常，你们要的就那么多。

你们要进入老年了吗？像医药保健版安慰和鼓励银发夫妻的，不一定要器官的接触，牵牵手、拥抱都很好，但你亟想丈夫用肉体证明那个他不肯说的字的存在，你才不要像你看过的那动物频道中动物的一生那样，没头没脑疯狂执拗地求偶、交配，然后性命亦可不要地喂养、保护下一代，最终皮毛残败地守着空巢穴……但好歹，动物的老衰和死亡之间距离极短，再认真的荒野记录者也难捕捉到一头失群老衰公狮的死，该说幸还不幸，人类的公狮要老衰好久，你得亲自目睹。

唉，人要老好久才死。

其实不只爱人、伴侣这样，朋友，朋友也是，少年时分分秒秒丰沛的感情泪水一生也似，对彼此忠贞的要求和检验不下对爱人伴侣，其中没出国的，有幸参加彼此的婚礼，而后十年不见，加潜泳不得喘息的埋首工作和幼儿，再需见面时，互相协助度过各自伴侣的外遇期，一面比征信社有效率地打探消息，也同时装不知情陪吃、陪买、陪聊天。再就是彼此父母住院的探病，透过盛年丰沛的人脉介绍名医、转院，而后儿女结婚的捧场、父母丧礼的互相撑场面（高龄的父母走时已好少同辈亲戚友人，场面不努力帮衬就好冷清凄凉哇）。

最终，彼此丧礼的送别吧。

七月十一日，巨蟹女儿的生日，你翻开那一天的日记（这是好一阵以来你生活中最重要、最期待的事），七月十一日：

——佩妮罗佩啊，好遥远的新娘……——

接着是写满页面的你的名字。

你能看到少年伏案一笔一画刻着你的名字如同十年返

乡途中老漂流在怪怪小岛的奥德赛。你多想告诉他安慰他，一切的苦恼都会成过去，十年后，你们的女儿将会出生在这一天，长相是丈夫的复刻版，亲族朋友们形容女儿，是××和××生的小孩，××和××皆那少年的名字。就像人类基因演化聪明（或意图明显）的诡计，长子或长女一定貌似当时的男伴，这个确认何其重要，取信了这男伴愿意留守你们身边保护你们、再帮你打个几年猎到小孩起码能独立。

自然，儿子长得像你，是故，加入性别因素，他们是你们的交换而非复制，意味着，你在年轻的他们身上找寻不到少年的影子，你想同情或补偿那少年，也不知该对年轻的女儿或儿子？

茫茫时空中，你仍找不到那少年。

——梦见××来，梦见我亲她，醒来时直笑，好久没这么甜美的时刻。

不知能不能结束这段暗惨的心境，再说吧。

还是说 ××好，什么假话不说，还是喜欢她——

这梦几步之遥可成真，太容易了，只消儿子回来，你有理由回到你们的大床上，你会让那可怜的少年，不，丈夫，不需做梦，手怀着你，要亲就亲，随时可亲，不用梦断肝肠。

但你太知道，回大床后，丈夫会牵牵你的手如常入睡，尔后中夜得起身上厕所，会凄凉地发现两人如同其他结婚多年的夫妻是背对背睡的。丈夫不会拥你入怀，不会亲你，不会梦你，因此你快分不出，爱的到底是那少年还是丈夫？又或，那丈夫，可是少年？会是丈夫某次国外出差被替换过了？如同女儿读的那些恐怖漫画中说的"鬼替子"？

你只能冀望他能出现或记得那日记中的哪怕只是一句话，证明他是少年演变或老衰成的。如若这般，你也可接受。

你借着回忆婆婆的生前事，问起（盘问）他的童年、学生时代，终至你们认识时。只要一句，印证他是那写日记的少年，你便可放过他。

因为你疯狂地爱上那少年，多想回应他，不再让他苦恼忧伤、陷入深渊。你想保护、不、保存他，护贝他，不让他在某个沉沉的夜晚被替换掉。

——我读叶珊，听到他说"你晓得这便是尾声"我猛然醒悟了，在自己的心中，前一刻，我总存有一些侥幸，然而我没有想到日后和你相见，让我证实了结束，我将如何生活下去。

曾告诉你，我喜欢一个人在家，听霍夫曼船歌，勾描你的容颜，那是多美丽的独处，而那种心情怕一生难得再寻回，难了，难了——

你检查他，饭桌上边看晚报边说："今年联考（你们一点也不愿搞清并改口说什么学测指考基测之类的）语文有出一题杨牧的诗，你记得吗？叶珊的诗？"

没有回应，就像以前他念诗给你听时你的没有回应。你再给他一次机会，假作不经意地提示，不是以前喜欢叶珊的诗？

　　他拿起眼镜戴上，不为看你，而为看清盘中物，挑拣出爆牛柳中的洋葱丝瓣，面露嫌恶，不知对洋葱还是对烧三十年菜仍不知他口味的你。

　　没有回应。

　　没有通过检查。

　　不、能、原、谅!

　　你盯着那人身后夜色为底的窗玻璃镜子映出的你们一家一屋子，知道只要一个动作掷破这，一切会纷纷碎成幻影，你恨透这男的，少年无疑地被他给杀了。

　　是上天的拨弄、惩罚吗? 拨弄你这才认识那少年，惩罚你当时的不经心、不回应，或更该说，惩罚你爱上那四十光年远的少年……好可怜啊，你想象着那少年曝尸在街头（临终之眼烙印的还是你），旁边立着没有表情的、你丈夫，不、能、原、谅!

　　——你忽然想死了，那人就脱下彩衣来盖你，天地多
　　　大，能包容的也就是这些。

欢乐或已离我远去，笑容已经变成一种习惯动作了，实在死亦可喜，也只像爱惯黑夜的男孩，但是日出也是一份天幸恩宠。

这会坏事，真是会坏事，但我只知不能再失去任何骄傲，否则死亦没了那光光亮亮的刺激。

其实很早就知道遭这个世界遗弃了，踽踽而泣，也不会太不习惯，怕是用不着人来安慰，事实上亦忘了何为安慰，因为我说自己是强者，只有我不必收受安慰，也只有我没有安慰。

骄傲，死亡，告别，我要逼自己说，我不再喜欢你——

少年是怎么了？醉了吗？字迹零乱，语无伦次，那日期，是联考的最后一日，少年恰与你同考场，他考生兼自认陪考，总铃声响前十分钟提前出考场，拧好冰凉毛巾，备好饮水，待你一出考场就递给你。你都没领情，考完最后一堂，与一群早约好了会吃会玩的男生女生跑不见踪影。

少年的死，你也曾给过他一刀吧。

你寻思着，那替换，或谋杀，发生在什么时候？

是有一年，那时你还记行事历的时候，你在岁末最后一日的空白处上写着一首流行歌的句子"是这般奇情的你，粉碎我的梦想"？粉碎少年曾给你的玫瑰色世界。

少年在那一日（你超前翻开你们行将出发旅游的那日）写着：

——就这么说

你如是天

就让我是水

你有阳光

水亦灿然

你如是哭泣

就让我为你保留泪水

就让你把满空的阴霾投给我

于是天亮蓝一如洗过

雨水也将因之又是一番鉴底的清澈

说给你听的——

　　少年是如何修补好破碎的心，重振起精神的？是因为那次日你答应他和几个共同的朋友一起去夏日的海边玩吗？因为那不久，他们男生就要上成功岭了。你记得，你想借此机会明确表示你们只是很好的朋友（怕他影响或因此肯定会失去你与其他男孩们哥们儿的友情），你半点不让他任何动作哪怕只是挤客运车中略护搭你的肩，因为隔空就可感觉到的高压电力是会触及便皮开肉绽的。

　　（你忍着不翻读次日出游后的日记。）

　　放心放心，你好想安慰，甚至告状给那少年听，三十年后，你们会走在异国一道海滨公路，那鬼替了的丈夫正赌着气疾走，你们挑错了季节，夏末人潮渐散，又炎热又冷清，滨海公路旁一些指南上说的法式意式料理名店该开未开，你们买了一日周游券，平行公路和海岸的老式当当电车道时上时下，看哪个地名怪就在哪下车。夏天太阳落得迟，海面不改变地蓝着，天空也被阳光曝蓝着，尚未有日落后的海风，丈夫热得外衣脱下交由你拿着，你的夏衣已无法再脱，也不看风景，你们气急败坏地走着，像一幅大学时期看过的法国电影画面，而且任谁（身旁公路久久有车呼啸而过）也看得出丈夫想把你推下海吧。

那原是一趟修补之旅。你们认识三十年结婚二十年，丈夫的电脑中出现一名热烈追求他的小女生，年纪比那时的女儿大不了两三岁，尾牙宴上，你照眼即知，随即一种极复杂的感受，你真想能像一些不顾教养的女子快意地掴她个大耳光，或像电影中的泼妇那样骂他个痛快一吐心中所有郁垒，同时你又大度好奇地打量起丈夫，他要是因此重又回到三十几岁时的像一只一心只想把母鸟拐进巢里的公鸟（儿子说的精虫灌脑），也功德一件。

丈夫多年来习惯假装君子因此不察也不须明确拒绝别的女子的示好追求，倒过来怪你小人之心小心眼。

终至女孩写了热情露骨的话，邀约丈夫在一趟公司出差后多留数日去一趟那海滨公路环绕着的半岛。唉，那年头，正流行着那么一本通俗色情的烂小说，男主角中年男子和一女子的不伦之恋，贯穿全书便有那么一张迤迤逦逦遍半岛的偷情地图，无非昂贵的旅馆、酒馆、餐厅和野合地点。

女孩的表态催逼太明显啦，只想享受一些微妙张力的丈夫只得承认你的洞察是准确明智的，允许你介入协助。

你在他们公差活动结束的最后聚餐出现，和丈夫一起表示你们将多留两日过结婚二十周年纪念。你们接受同事们礼貌起哄和假装艳羡之声，倒是你半点不敢看那女孩，害怕那与女儿肖想你的 LV 包不成的相似神情。

那趟旅程，丈夫半点不肯与你欢好，背对你睡，对冥冥中的什么人守着坚贞似的。

——不死就咬牙，如此如此。

天气不太热了，真的不太热了。

晚安小姐，晚安，如果好，那就什么都好，小姐晚安——

你与那少年，那已死的少年，结成生死同盟，觉得世上不会有人比你们再要彼此了解了。那日记不再只是一本曾经记录过去的书，它充满了启示性，你得以懂得当下，并且知道明日该如何活。

出发的那日，日记上（你仍带着其中那日期标示与你们此行一致的护贝日记），"××"，他唤着你的名字：

——××，我真想哭，当我又觉得有收束不住的年轻，桀骜不驯的血，××，我真想哭，我也梦想那种柔情，那种任性的游戏，不论是晴是雨，我想把自己赤裸裸地丢在没有人迹的原野上，××，你想过，想象一个男孩哭吗？ ××我真想哭，不是被压的委屈，不是哭泣的穷途，只是我知道自己有约束不住的血，莫名其妙的泪。睡吧，××，让我为你祈祷，看你安详地睡去。——

早班的飞机，天未亮就出门，你在机上索了薄毯安详睡去。醒时并非在空中小姐殷殷垂询要吃鱼或牛肉，是被丈夫的手摸索着你的胸，是一趟即将展开的纯粹休憩或禁烟的焦躁使得他骇起来？你任由他，因为出门，穿了件不舒适但美丽的新内衣，胸被半罩杯托高得鼓胀，丈夫轻易便摸挲到乳尖，你阖眼继续睡，做梦少年在探索你。

少年多爱慕你，把你当作一尊月光下的女神崇拜，好奇着那随月光云影渐渐移动的阴影深壑，少年伸手轻触它，被那大理石的冰凉打个冷颤，随即少年用那超绝的决心、熔岩的热力拥抱神像，所以你几已不复记忆清楚那些年间你们的欢爱细节，因为少年那太阳表面白炽的光热使得你所有官能觉都瞬间完全燃烧至灰烬也不剩。

神像毁弃于地。丈夫毯子下解开你前开式的内衣（他都没看一眼那美丽的黑紫交织的蕾丝质），兴致未因四十年的熟稔而减，你知道他此时第一志愿是希望你能伏下身亲吻吸吮他。你害怕那之后的狼藉，便继续装熟睡，暗暗吃惊欲望的迭起迭落。

那结婚二十周年旅游回来，丈夫仍不理你好久，你不知是因为寂寞或欲望临去的回光返照，你发热病高烧地希望（以致快出现幻觉）随便哪里有个男人、杵着坚硬欲望中的下身，别啰嗦半句半个动作，你只要坐在那身上，便病除，你终于知道为何有所谓水电工送瓦斯工人，是那些个同你一样的女子病昏了。

你羞答答问过那少年"你喜欢什么样的胸？"你期待的聪明答案是"我喜欢哪样哪样的、没想到你恰是如此，我好运气极了。"

少年离开你的胸，清澄的眼睛望着你"我喜欢你的胸。"

你们进住旅馆，行李尚未放妥，丈夫便把机上未完成的欲望反身向你，你才知道，欲望的能力也许随年龄消褪，但欲望本身可以存活很长，竟日，数日，也是一种病。

丈夫亲吮着你的胸，你动情起来，愿意给他额外的最后一次机会，你问他"你喜欢我的胸吗？"（那少年在恋慕缠绵中曾一把将你抱起至镜前，要你看自己"你都不知道你多美。"）

丈夫抬头看你一眼，约莫怨怪你中断了这好不容易聚拢的醚味儿，起身去喝水、上厕所、抽烟，你果然衣衫零乱地被搁在那里，室内空调强冷，你汗水体液瞬间干净清凉，神像、石像毁弃于地，是这个意思。

少年的亡灵，曾经、刚刚，大大柔柔的羽翼擦过你们交缠的身躯，你静静淌下泪水，别走，你望空追逐他的身影，心底呼唤着那少年。

你翻身摸向丢在进房处的包包，气喘病人找气管扩张剂般地翻找明日的日记。

——××是个好女孩，不折不扣的好女孩，是世界上最好的女孩子，是我所有梦中的情人。××，××，我不知怎么办。

还是想死吧，那是另一只柔柔的手。

死亡和爱情，诗歌和哲学的焦点，一直没有解答，难怪自己彷徨这半年，原来，这是亘古最难的两道题，而今天占据满心的亦是这两者，难怪自己不懂，是不懂。

好奇怪的女孩，你哟，你还在外公家，或是睡了，
我都记得你，都会想到你，你的每一个笑容，每
一次蹙眉和流泪——

如何少年像在悼亡那个女孩似的，莫非，如同丈夫杀
掉了那少年一样，你也把少年所有梦中的情人，牵动他笑、
愁、忧的女孩，给偷换、偷宰了？

这样想下去，就没意思了。也应该不是如此，因为你
爱慕那少年，你还能回应他，你还记得通关密语，丈夫，
一句也应答不出。

你们去最想念的餐厅，打量菜单好久，机上餐弄饱弄
坏了胃口，只得你替丈夫点了以往他点的，丈夫替你点了
每次来时你会点的。（啊，吃不动了。）

那，去那座桥吧，毕竟，那是你此行的目的。

太热了，丈夫抱怨着，明天傍晚再去吧，不然会热衰竭
中暑什么的。这你也没想到，高你们纬度二十多度的地方，

暑热没减，而且有祭典，满街国内国外观光客，更增加了空气中的燠热感。

其实你打算去的那桥，距你们落脚的旅馆步行大约半小时，不远也不近，是过往你们还牵女儿抱儿子来时喜欢的黄昏散步路线，小朋友特爱去那座有个数百年历史的桥，因桥下常有飞进内陆的海鸥向人索食，有燕子穿梭筑巢，有某种水鸟看人钓鱼（那些钓鱼人离开时往往把不要的小鱼丢给等在一旁的它们），端看去的是什么季节。

钓鱼人似乎始终是那几人，慢跑的也是，骑单车的、遛狗的、桥拱下的游民、岸边约会的情侣，常让你有一种随时可接续、从未离开过的感觉；但也同时错觉因为你的到来，赶快舞台布置，演员集合，太阳光打好，等你假期结束离开，眼下这些人连同舞台布景全收缩入一个道具箱里。

还没到那桥上，你已满满都是回忆，你记得儿子女儿三四岁时抱起来热嘟嘟的肉感，他们不顾一切探身桥下看鱼看水看鸟的执拗劲好难抱稳，你向少年求援，你很确定那时还是少年，因为他正咬着烟，一面弄他的摄影器材，一面笑看你，你做什么，他都笑着看，包括欢爱时，他眼底满满是笑，你害羞极了，觉得在他的目光下，你像一朵怯生生、一层一层缓缓展开的美丽的花儿。

（啊，做不动了。）

你们在旅馆里各做各的事，丈夫因为好好泡了个长澡，边看无聊的综艺节目边好整以暇修脚皮（什么时候开始，他在你眼前开始做他号称应该私下做的事），你已逼他吃过水果，尽了责任，便也做着在家没空做、应该私下做的事，敷面膜，补缀早有绽线危险的裙角，再等会儿，长夜漫漫，你将在旅馆照明特佳的盥洗台镜前拔白发……你们暗暗共同等一件事，等扣除时差后的家中十二点，打一通电话回去，虽然明知道儿子一定坐在电脑前，女儿也一定在电脑前。

长夜漫漫，你好久没和丈夫共寝，发现丈夫鼾声依然好大，也因意识到共寝者的存在，更才发觉自己也开始有好大的鼾声，丈夫是被你的鼾声给打搅吗？翻身不宁。人老了，应该像老公狮独自离群了断。

（啊，做不动了。）

——我相信，××将是我最后一次的用情，得不到××，我不管自己是否是一个没有感情活不下去的人，我也将自己感情的生命结束。

××，我会等你，也会使自己更好。

即使是白发苍苍的晚年，这句话仍然是有效的，一切的欢乐系于你。我会等，用整个生命的日子，直到我的生命落了幕。

世界上没有第二件事能够让我觉得可喜，如果没有你，没有你浅浅的笑，没有你提灯的手。

我再说一次我会等你，不管是满头的白发，我也将递给你一双手，一个无言的微笑，和一曲轻柔的歌。我不会离去，会留在我们最初的地方，等你，即便再见时是一对老年的朋友，我仍将执起你的手，一步一步地走，××，我不要求什么，只是让我等，让我等。——

（啊，走不动了。）

第一次，你们居然坐在计程车里，前往那过往像自家后院般熟悉、远近的桥。太热了，路上人也太多，是祭典的第一天，丈夫频频叹着气，车子移动得比步行还慢，怪你为何挑这期间来，昨日check in，也才发觉住房费比平日涨一倍。尚未走到那桥上，尚未与丈夫并肩那样凝望远方如同那张泛黄的黑白老照片，你已知道他们在喟叹什么了，与那斯文优雅并不同调的内容："啊，吃不动了，走不动了，做不动了。"只除了满满、沉甸甸的、一无是处的回忆。

不须前往，你已得到答案，答案是如此不奇特得叫人想放声大哭啊。

原来是这样，是这样……

丈夫决定弃车、步行，一来桥已不远，二路上愈来愈多应祭典穿着传统服饰的男女，三丈夫因此把摄影器材准备好了。好些年了，丈夫拍鸟，拍荷花，拍老人，拍岛上愈来愈多的什么祭，拍不同季节、黑夜、落日、年终烟火的一〇一大楼，独独不再拍你，曾经他所有镜头下的主角（所有梦中的情人）。

你付妥车钱，下车想跟上他，立即陷入逃难场景一样的人潮里，脚步细碎不时跟跄，以为自己也成了穿着长及脚踝传统服的异国老婆婆。

你看不到欲追赶的背影，你多害怕，害怕再错失他。

（并没有那样一座可以空无一人，只有你们两人老公公老婆婆站立的桥了。）

你不断拨开涌在面前商家发送的广告扇子，群涌的人头中，看到桥正中央的那人，回头望你，看到你了，因此放心露出不耐烦眉头紧锁法令纹下垂眼神混沌，你二话不说振步向前，突破重围，他正回过身去俯身拍桥拱下觅食喂幼鸟的燕子吧，"你晓得这便是尾声"。不需要很大的力气，你双手一送，把他推落桥下，如同他曾经并没费太大的力气，就杀死了那少年。

——你忽然想死了，那人就脱下彩衣来盖你——

少年曾在四十光年外的七月三日这么写下。

……

你和我一样，不喜欢这个发展和结局？那，让我们回到《日记》处，"于是一对没打算离婚，只因彼此互为习惯（瘾、恶习之类），感情薄淡如隔夜冷茶如……的婚姻男女"之处，探险另一种可能吧。

《偷情》

　　天未亮，昨日预订好的跑机场计程车已等在巷口，按捺着的引擎声仍一波一波清晰可闻。

　　你轻声肩起包包，拖着行李，临出门边穿鞋边回首屋里（除了儿子卧房门底透着一丝光，大概仍在线上游戏；丈夫仍熟睡，闹钟定时三小时后，他的班机较你晚），仍未有半点天光的家，只大家具轮廓可辨，没有景深如随手勾描的简单线条，随手一抹便可涂销，你恍惚起来，不知此行吉凶。

飞机起飞时，你从待机的温吞气闷导致的昏睡中惊醒，并摸不到邻座扶手上的手，也才想起丈夫不在身旁，那个知道你害怕搭机因此总全程尤其起飞降落时握紧你的手的人，你们在结婚不久的热恋难分难解期曾相约，若不幸遭遇空难，一定彼此要紧紧抓牢像表演高空跳伞一样在猎猎冰风的晴蓝中警醒地抓紧对方，如此两人灵魂才不致离散迷失，并得以一起上天堂下地狱或投胎转世。

和你相约一起投胎转世的那人还在家中无辜地沉睡着，未有空难，未有巨变，你即将离开他，投赴另一个男人。

你眼睛湿热起来（更年期之后，所有体液急速枯干，除了眼泪，变成一名好哭鬼）。

想想另一个男人吧，你心中如此自言自语，那毕竟是你期待并计划了好久的此行目的。

结婚三十年，你从没有过与丈夫之外的男子的肉体关系，或许连精神恋爱都没有，只有工作上不同时期短暂微妙的你恋慕着人，或隐隐感觉谁恋慕你的一种甜甜焦焦的滋味。这一切并非你信守坚贞忠诚的价值或没碰到叫你真正不顾一切的人，你心知肚明只因自己太胆小啦，经不起挫折和惊吓，比方说，万一面临宽衣解带时，彼方的内衣比你丈夫的还旧还脏呢？万一他日夜肖想人模人样的你裸裎时（打开礼物）好叫人失望怎么办？

"吃太饱了，"一名韵事与韵事之间才有空找你倒垃圾的女友断然提出她的不同诊断，"因为你平常都吃得饱饱，大概要五星级大餐你才会动心。我不同，我一天到晚在饥饿状态，路边摊、盐酥鸡都吃得好香。"

女友在婚姻状态，外遇没停过，对象涵括房屋中介业务员、快递小弟、计程车司机、水电工、纱窗纱门修理工……这些以她的工作社经阶级来说的"盐酥鸡"。女友认为你与丈夫的关系是饱足的，无论感情、肉体，所以她觉得你的胆小担心愚蠢外行极了，"热起来，谁会看到脏内衣、肚腩腩、秃头、香港脚！像我这肉肉，谁嫌过！"说着轻易一手抓起腰际确实的一圈肉。

（然你真的在饱足状态吗？）

你此行要偷吃的绝不是盐酥鸡，是米其林三星级的，你们在三十年前或该说更早，彼此的大学时期曾热恋过，那时毛发繁茂并发出莽林的野味儿，身体，啊，确实热起来无能留意身体的细节，也或许那热狂中不免怯生生，你们几乎是无时无地不可做，校园的好多夜黯的角落、海边废弃碉堡、日场少人的电影院……如何地亲吮、如何地把对方与自己按揉为一人，都无法餍足，你一点也记不起婴儿时向母亲索乳的渴切，应该是类同加总了寻求保护温存的感情、官能、动物性的迫切吧，近乎哭啼啼的非得找到对方才能饱足，才能展颜，才愿意继续活着。

（是如何分手的？）

（其后你们都各自嫁娶，都有一儿一女，没离婚，都继续活到在年轻同事、儿女、后来结识的友人眼中道貌岸然的年纪，直到你们相遇。）

你未尝没偷偷想过，当年错过的你们，某一日（这个想象从假设三十岁、到四十岁、到五十岁、到快六十喽）再相遇，会如何，会彼此觉得这人还真蛮讨厌的？好比你社会化之后的习惯咄咄逼人好发议论以掩盖自己的胆小羞怯，好比他年轻时吸引你的沉着不语现在可能阴沉无趣像遍地可见的怪叔叔，可能你们就礼貌地点点头握个手，假装感慨时光流逝好快啊你儿子已经在念研究所哦有女朋友了喝喜酒别忘了通知我们老朋友并假装互留地址通讯看对方手忙脚乱掏纸笔名片老花眼镜忍着不戴上因此名片上写着什么鬼字看不见不能说啊你还住在老地方……唉呀，怎么她（他）散发出一种洗发精、古龙水、护手霜、漱口水也遮盖不去的，老野兽味。（接过名片，谢谢再联络。）

不是这样，不要这样的场景。你们可能是在一个众目睽睽的社交场合，你早感觉他带着热度的目光最先进的热感应武器一般的尾随你，而后有热心的白目者要为你们介绍彼此，他握住你的手短暂不放，叫你的名字："多少年啦。"他的手感热度一如当年，事实上，有一两年，你们连体婴似的手牵手从未分开过。你一定睁亮着眼、力图镇压身体其他器官官能（心脏、呼吸、脸红）不得慌乱叛逃，或许像女友说的，热起来，他一定只看到你的眼睛，你只看到他打心底满眼的笑。

是天雷勾动地火，不然，他不会为你抛家弃子，你们各自编了理由交代家庭职场，相约到异国城市，订同一个旅馆房间，摆明了要做什么。

为你抛家弃子，你为这几个字词着魔了（道德规范去死吧！）。对于他这一向如此沉稳自律、从不戏剧化不失控的人，不惜毁弃这一切，那代表会释出如核爆一般的能量吧，你期待极了，没有一件事可以阻挡。

从出机场开始，一切都得自己来，过往是你守行李，丈夫去看车行时间购票，现在都得自己来，果然是一个全新的开始。

这是一条走惯的路，你们订的是你常去的城市常去的旅馆，与那句幽会宾馆业者的广告词"换老婆不如换旅馆"正相反。你看过车窗外四时不同的景致，有大雪中只余黑白二色如木刻版画的，有春日新绿的，有大气蓝天下金风飒飒的红叶黄叶，有像现在艳阳下、车厢门窗密闭仍仿佛听得见惊声尖叫的蝉鸣。

风似乎很大，浓绿的树潮异常涌动着，有一年，儿子女儿还小，忘了与丈夫什么事端不愉快，你匆匆决定三人做背包客，带少少行李，不预定行程旅馆，便也在这样的季节（他们的小学暑假），这样的路线，中途你们择电车图上有趣费解的地名便临时起意换车前往。大小三人不经折腾地昏睡着，没睡着也听不懂车厢异国语言的喋喋不休（后来猜想，大概是提醒乘客从某大站之后，列车将撤去末四节车厢），你们好运气地在倒数第五节，醒来时发现车后一片透亮的跑在一片原野上，儿子女儿愣愣地趴伏椅背看窗外，各自戴着蝙蝠侠和Hello Kitty的棒球帽。一切恍如方才。

时候到了，原来儿女也并不重要。

不然何来抛家弃子之谓？

"你愿意为我抛家弃子吗？"比"你愿意嫁（娶）我吗？"更具吸引力和神圣性，可以同样站在圣坛前庄严回答的。

你抵城市的下车处距旅馆并不远，但你没打算先进驻，因为你不知道要在那样一个充满回忆的空舞台上如何开演。

等他先到吧，由他公蜘蛛一样张好网，你再登场。

你将行李置于车站内的寄物柜（不忘将行李中为此行准备好的美丽衬衣取出置于随身背包），附近的店家太熟悉了，以致失了兴致，你心不在焉地逛进一家便利商店，买了水，杂志架上抽了两本这季节这城市的庆典、餐馆介绍。过往丈夫总在店门外抽烟等待，给你莫大的压力，这会儿你闲逛起来，细细比价选择任何城市面目一致的美工刀、牙刷、笔记本、各种机能的维他命，最终你还取了一瓶酒精瓶模样和内容也似的 Absolut 伏特加，冀望万一届时让你紧张到无措，或许你可将自己快快麻醉，任由他。

距他的班机推算到抵旅馆时间还有一些，你决定进一家发廊，剪短了发，染成栗色。异国的剪发染发远比你们仔细讲究，你费了远远超过预计的时间，心弦紧绷着他入旅馆后的可能一举一动，他会好好洗个澡，浴缸中，也正悬念着你？一如他曾在当兵时在信中说起每休假北返会你时的心境，他引用一首情歌，尽管歌词情境正相反，是离开情人的，但那细腻的悬念他觉得完全是他的心情写照，——当我到达凤凰城时，她才刚起床；她会看到门上我留的纸条；她会笑开来，当她念到我已离去那段话，因为过去我告别这女孩已太多次了。当我到达亚伯喀基时，她做着家事，她会停下午餐打电话给我，而她听到的将只是响个不停的铃声，来自墙壁那头，就这样。当我到达奥克拉荷马时，她将已睡了，她轻轻地翻个身，低声叫我名字；她哭出来，这才想我真的已离她远去了，尽管我一次两次三次试着这么告诉她，她就是不相信，我会真的走开。——

你想他正浴缸中一面悬念你一面洗得是那样干净无死角无老野兽味，要你怎样亲吮他你都愿意，他会为你神魂颠倒亲吮遍你全身吗（啊腰腹那一带最好不要）？他会为你服助兴的药物吗？就像你为他已涂抹按摩了一两个月的瘦身紧肤霜，然而这些一定都不需要，像女友说的，热起来，眼中只有吸引彼此的地方，热起来，没错你只记得他那时的干燥、坚硬、滚烫、有决心。

这叫你浑身热起来，尤其清楚那热热发疼的来源是那久已未用的器官（心脏啦）。你不耐起来，恨不得中止正烘着的染发走人。

好在旅馆对面有一家大型百货公司，厕所宽敞洁净，有给那性急想立即换上新装的顾客的装设，你便好整以暇把美丽的内衣换上，厕所间并未有镜子，所以低头只会看见被蕾丝胸衣托高挤压益形饱满的胸，长长的深沟真的可刷卡，你在其中抹了点催情诱惑的依兰精油，觉得自己女王蜂也似。你想象不久后他埋首其中的迷醉状态，下身紧得微微发疼。

他也正苦苦思念你得紧吗？想象着你一步一步走在异国绿荫街道上，这个为他不惜抛家弃子的女子，想得心脏疼疼的，下身发作起来，要把这三十年该拥抱该爱爱而没有的全数补上。

一切如你所料，他已沐浴毕（头发还湿的），系着干净的旅馆浴袍，在为你开门的第一眼，握住你的手，你们都来不及问候彼此旅途、到达的时间、顺不顺利、吃了饭没。

他眼睛放着异彩，将你新娘一样的缓缓牵你入房内，忍耐着已经清楚发作的身体，像第一次得以接触你一样，小心翼翼地摸你的头发，你的脸颊，你的胸，抬眼看你，眼神复杂得叫你不懂（有理解、有感激，唯独没有你原先以为会有的官能迷醉），他是从你打理得如此美丽的胸衣窥得你抛家弃子的决心和准备吗？

他将你轻放床上，俯视你，你害羞到两手蒙住脸，他轻轻揭开你的衣物，想必那目光是随手去处游走吧，最终他拉下你的手，你紧闭眼，觉得脸比胸比下身比身体其他美丽不美丽的地方都害臊都怕人看，他重新抚摸你的脸，叹息着，你在他眼里读到怜爱之外还是怜爱。是三十多年前的那人。

你们半点花招也来不及，用三十多年前最传统最羞涩的体位方式完成。未到高点，你已热泪盈眶，觉得爱这人爱疯了（与你丈夫同年的这人，比丈夫要久多了，久久不离你身，温柔地翻搅着）。

（他也曾如此温柔爱怜地对待他的妻？）

你用撒娇的嗓音要求他"不要穿衣服，不要走。"

他手指刮去你眼角泪水，满是熟悉烟味的手指，你咬住它，阻止他起身去抽烟。

"值得吗？"没问完整的句子是"这一场，可值得你、我抛家弃子？"

他笑笑，亲吻你的脸、胸（你知道这已是出于礼貌而非欲望），披衣起身去窗口抽烟。

你望着他逆光熟悉的剪影，忍不住问："你出门时××睡了吗？门关紧了吗？这几天○○特别爱往外跑，回去要带它去结扎了。"

××是你们儿子，○○是你们年初认养的一只年轻公猫。剪影、嗯、丈夫苦笑笑。

"好罢……"你自问自答，都说这五天假期不回到现实里，因为这一切都是你要的，你安排设定的，起心动念是结婚三十周年的晚上，你问丈夫："要是当年我们结果分手了、错过了，各自嫁娶，现在再碰到，你会喜欢我吗？会疯狂爱上我吗？不惜抛家弃子？"

丈夫经不起你的执拗，也曾小心翼翼不掉进陷阱地回答："若是结婚的对象是你，不会的。"

这是安全的答案，但不是你要的，"不管她是谁，你要现在的我吗？"

"这是不可能并存的前提啊。"丈夫忍耐着。

"可是你要现在的我吗？"

也许你只是要不怎么表达感情的丈夫借此输诚一回吧。

但丈夫真要说了肯定的答案，你能接受他会为一个女子（管他那人是你！）不要与你共度的这四十年加女儿儿子吗？

这些对话问答分散持续地进行在讨论物价、地球暖化、没完没了的各种选举暨选情、儿子的延毕和兵役、女儿男友家的复杂背景、丈夫公司大老板的接班问题……乃至猫咪○○到底要不让它出门还是可以自由进出但得结扎……丈夫有时不耐烦，有时认真答，有时像是自己也掉入困惑中，便一次反问你"那你呢？你肯吗？"

"当然。"你毫不犹疑回答，因为已经想过太多次了。

丈夫惊异地看着你，眼底有着微微的不解与失望，这你才更失望呢，原来他只是惯性地习于这过去的四十年而不为眼前活生生（虽老佝佝）的你所吸引所爱慕，这样，就玩不下去了。

"都多老了，还玩他们玩的游戏。"他似乎洞穿了你。他说的他们，是儿子女儿吧。

但总总你就是要再听他说一次，并非像很多结婚三五十年的夫妻没死的话再一次重披白纱礼服（通常好丑哇）与儿女媳妇女婿甚至第三代一起拍摄当年太穷或耍帅没拍或搞丢了、吵架撕毁了的婚纱照，你要的不是这个，你要像当年站在圣坛前，他回答是否愿意娶你为妻时的答案："我愿意。"你要你们两人站住某个庄严神圣的圣殿神器前，"你愿意为她抛家弃子吗？"你要听他答："我愿意。"

你要用这五天的假期让他如此回答。

要说服丈夫并没太难，假期原是预定的，对他来说改变的只是你们搭乘不同班机、分别前往，他只担心你能否一个人搭机换车拖行李抵旅馆，叮嘱你，出机场，坐私铁，别搭乘国铁，要你牢记这两种的辨识和购票窗口，你叮他"就当我们背着各自的家庭偷偷相约在国外，不是很多名人躲狗仔都这样吗？"

丈夫毕竟答应了。（所以，他还是肯于为另一个女子抛弃你和孩子们？）

"饿了吗？"那人、背着光，脸上因此一点沧桑痕迹（就皱纹啦）也不见，三十几年前某熟悉的一刻，他在当兵，你去探他，你们大起胆子旅馆过夜，厮缠终日不外出吃喝，你乖乖地点点头，将自己的眼神调回到三十几年前的那个女孩。

他前来将你衣物一一捡拾起，摊平在你身畔，手恋恋地摸摸你头发（他有发觉你的栗色发吗？），你回答着三十多年前的话："你转过身去别看。"

你们走在异国城市街头，你近乎抱着的挽着他膀子地走，等红绿灯时，他回搂你，滚烫的手掌停搁在薄衫的背上，你等着它滑落到臀上，你穿了丝绸内裤，色不迷人人自迷，好想调头回旅馆，风火烈焰脱个精光等他亲吮遍你。

"别急。"他拉住红灯快结束想过街的你。

你们最爱的餐馆里，他为你点了你最爱的餐点，你为他点了壮阳的海鲜，其意甚明，他归还菜单，深深看你一眼，眼神些许陌生，你心底此行第一次浮现着感伤："好可怜呀……"好可怜的丈夫，不知道你与人偷起情来如此疯狂。

因此餐后他问你："然则我们现在去哪儿？"你竟讷讷答不出，你不忍心在那印满了不同时期你和丈夫孩子们身影的街道上强压上你们的足迹。

他也意识到同样的事吗？犹豫着无法决定。

"都依你。"四十年前，你说过一样的话，那时你们从正午到黄昏，走了一条又一条的街，假装谈各自的童年、谈家庭、谈学校同学老师、谈未来，但彼此都知道唯有找个角落好好拥抱亲吻交合，否则这场热病是褪不了的。你们不知不觉在某大学附近有着数间小旅舍的街道上来回走了几趟，你这样告诉那少年时的丈夫。

他也想到相同的回忆了吗？（"都依你。"）牵起你的手，毅然转进巷子里的一家成人电影院，多年来，你们曾偶尔行经它，都假装不察，从未想过进去。（又或熟睡了的你和小孩，说出去买烟买咖啡的丈夫曾来过？）

　　他目的甚明地挑角落坐，其实不须如此，因为白日的电影院并不见什么人，不等色情画面出现，他已伸手到你裙内，你回报他，拉开他的拉链，掏出发作中的那物，背对他坐于其上，两人仍假装看银幕，他亲吻你的颈和耳后，双手轻触你早已解开衬衫扣子和内衣的胸尖，你们有没有发声不知道，因为那银幕上的男女已替你们呻吟喊叫了，四十年前，你们常如此做，但那时未避孕又怕怀孕，总不能每次都如此密合辗转，如此心荡神驰，你抓过他的手蒙住眼睛，他直起身勾头吮吻你的泪水："天啊你多美！"

　　他对他的妻也曾如此吗？

　　为何他如此自在、享受，习惯得、像个老手？

　　也许，你并非他偷情的唯一对象？

　　你感觉到戏院里的冷气好冷，不需擦拭收拾，你们又是两个干净清爽的人了。但银幕上的喊叫激情仍继续，你饱得快打嗝，确实刚刚吃得过饱，裙腰好难重新勾上，但一切真是女友说的，热起来，什么都看不到，他一定不察你丰润的腰腹，你不也只感觉到他充满决心和情欲的手、富生命力的喘息、滚烫的身躯和那叫人动情的话语。

这才第一天。

漫漫长夜，你忍着不做三十年来妻子的工作，削水果、泡茶、洗手帕内衣、打开行李挂衣服、打电话回家给儿女们问他们有没有记得吃饭。

他呢？不慌不忙开着电视，看一本体育杂志，你去他身边偎一偎时，他就恋恋的、恰到好处、不致发展成一场性交地抚摸你，他半点也没念头要打电话回家，他比你能说到做到抛家弃子。

这不免叫你有些一脚踩空的失落感，才第一天，已经不大知道要怎么演下去，幸亏有白天买的那瓶伏特加在，你求助于它，灌酒精似的喝了半瓶，像个失意的人，虽然明明丈夫和情人都在眼前。

烂醉如泥中，他似乎把你抱上床，你也许沉睡了半夜或才一个盹，知觉他亲吮着你下身，室内灯显得奇亮以致无法睁眼，你喊他名字，想要他关小那具攻击性的灯，他却颠倒身体将那物垂悬于你口中，那物并未发作，柔弱可人，你像亲尝什么美味似的单纯地吸吮它不尽至睡着。

次日醒来好害羞，你盥洗，发觉脸被他体液晕染得像敷了面膜的滑嫩，但镜中宿醉的自己，像残妆未净的既憔悴又媚人极，那偷情男子把你变作这般的吧……"我们错过了那么多……"欢爱中，他好像在你耳边说了这话，他说真的假的？说的是谁？

不只你害羞，他也有些。你们二人神智清明的在早餐桌上随兴决定去一个新地点，那地点的观光海报贴满各公共场合，是一处五月以牡丹、七月以紫阳花闻名的寺庙，你们依电车地图辗转换车前往。

别人眼中，你们是一对拘谨岸然濒退休出游的夫妻吧，他稍稍坐立不安，反手按腰背，你问他，都不用有话头（"腰怎么了？"），"床太软？"

他笑看你一眼："老婆太软。"

你吃惊他不同于过往的严肃和不谈夫妻之事，你问他

"会想家吗？老婆孩子？会有罪恶感吗？"

幸亏邻座乘客无法听懂你们的对话，他反问你："你呢？"你握紧他的手："我喜欢你，不想放你走，不想假期结束，不想回去。"不能想象这短短的假期一完，得各自回自己的家，你动情起来，湿热着眼看他："我们怎么办？"

他吃惊你的入戏吗？没搭话，站起来抓着吊环暗暗纾缓伸展着，一会儿便凝神窗外的远景，你反身攀窗，也想看他看到的景象，车行已快一小时，你们行在原野上，不时有独立的小丘陵——远而近而错身，丘陵边脚上通常簇拥着小聚落，可爱的两层小屋子，天气好，晒晾着可爱的小衣服，你很愿意择一小屋和他隐居其中，为他生儿育女。

不料你们前往的那地方就是一小聚落，车站在山丘处，你们拾长长的石阶下至小镇中心，横越类似你们的国道省道的宽阔公路，按路标指示走进贯穿小镇老区的窄街，是日正当中的七月缘故吗？至此一个人都没遇到，像被遗弃，或该说、演员午休尚未上工的外景地，路面干净到让人想赤脚走，两侧阳沟也哗哗哗急流着山水像野涧似的。

是燕子育幼的季节，你们不时停下脚步仰脸看人家廊檐下黄泥燕巢露出的几张大黄嘴。不久便有箭矢一般返巢的父母燕喂食它们，父母燕因为你们的伫立很不安，频频在你们顶上穿梭，语出恫吓地疾叫着。

走吧。你们相互提醒，免得燕子父母担惊受怕。

入山的街道更窄仄，始有些山产干货和佛具香烛店，因山顶有一座观音寺，啊这你想起来"我来过这里！"是梦中，还是四十年前学生时一个意外旅程中满满行程中的一站？"会有一个登山的木头拱顶长廊，两旁开满牡丹花，那时专程来看花的……雨季里，打着伞。"或其实是一部电影中的片段画面（雨后润泽明净的郁绿和益显娇贵的粉色白色的牡丹花丛前亭立着一个美人儿），也或是被观光指南、海报上的照片深植脑中？

你亟想证实自己的记忆，快步前往，没多远就得扶住栏杆停歇，因为心脏不允许，气喘不允许，你反身等他，他缓步跟上，膝关节不好，吃维骨力好些年了，还没正式登山，两人已大汗淋漓，毛发疏了，可以清楚感觉到汗珠在头皮滑落，山坳中无风，绿和蝉噪汇成一层贴身不透气的塑料雨衣似的，你敏感地认为嗅到了腋下的异味，也确实嗅到他身上大量汗水所淬聚的异味，都不迷人不好闻，你们两人顷刻间给现了原形，不是五十八岁的男女人，不是人，是境内四处可见的石雕鼓腹狸猫之属，那老公狸便气喘吁吁地问你"是你大二那年来过的吗？"

大二那年，你一名留学异国的老师要来开会，不知得了什么名目补助，带了你们四五个学生一道前往，老师只爱看花都不看古刹名寺的佛像国宝，你只记得一场一场的花事和浓浓会发痛的思念。

你记得那场分离后的再见面，两人紧抱痛哭："再也不要分开了。"

就是眼前这散发着陌生异味的人啊……

你们约好用深长规律的呼吸继续登那仰之弥高的木造长廊，你开心地再再肯定着是了是了是来过这里来过你指着梯两旁梯田一样的花圃植着一株一株花事过后修剪并根部堆着花肥的瘦小牡丹株。要到木阶大转折处的杉树下才见蓝紫色的紫阳花，也就是你们说的绣球花。

花事果然正盛，一球花就比你头脸大，细看像无数停歇的小紫蝶组成。你破碎地召唤着记忆，他抽烟，古迹长廊阶唯有此处有贩卖机、垃圾箱附烟灰盒、饮水器。

你俯身饮水器好好喝个够，顺便不顾脸上的妆粉防晒全部洗净，你直起身擦拭着，见他那头正望着你，却神思缥缈状，他漂流在时间大河的哪一段？四十年前你们紧紧相拥发誓再不要分开？他的子、女、妻子？昨夜的你？狂野的你们？你并没问他。

你们继续登廊，迎面下坡一对老人，大你们也许十年以上，小心翼翼拾级而下，看到你们，很开心地请你们帮他们拍一张合照。他接过相机拨弄着，示意他们略为转身以身后的紫阳花丛为背景。便也同样请那老先生为你们拍合照，老先生动作慢，他便立你身后拥抱你，两手环你胸下（你的胸尖立即厚颜地坚硬起来），头贴你耳边，你从一旁老太太脸上看出一个恍然大悟的微笑："是偷情的男女啊……"

成功了。

你们拉着手，各自扶着扶栏缓缓爬坡，"怎么了？"你奇怪他刚才动情的举动，那是你们唯一一张亲昵照吧，此行，此生。"好像走上去再回头，会变成那样一对老公公老婆婆……"他似自言自语地这么说。

于是又像四十年前，没朝山，没拜神，只看了花，就反身下山，没变成老公公老婆婆。

花了两小时多，回到你们旅馆所在的城市，尽管两人皆昏睡着，倒都没错过转车点。

你一心只想回旅馆洗澡，放了满浴缸的凉水，盥沐时习惯锁门的你并没闭紧门，他极有默契地随后进来，挤进浴缸，在你身后紧紧环抱你，下身像四十年前一样有意志地、硬硬地杠着你，你们都不说话，偷偷哭泣，像四十年前那次分别后的重逢。

你不懂为何有此绝望感伤的心情，好像假期结束，你们真的得各自回到各自无味无趣规律漫长无止境的家庭，再难像这晚一样共浴、各自想着心事，甚至不急做，你们裸身面对面侧卧着，不开灯，任旅馆窗外黄昏上灯的街灯市招广告霓虹灯透窗落在身上，那身体因此显得诡异和美丽，你们都处在发作但不急交合的状态，他不时抚触过你动情而饱满的胸，你猫爪一样搔抓他的胸腹，亲吮厮磨他时而发作时而驯良的下身，不饥不渴，直至中夜，也不外出吃饭。

"不要走。"他从身后拥着你，你不让他从你身体里离开。刚结婚时，你常如此撒娇，两人好高兴终可以如此安眠到天明，不必被旅舍女中、被同学、被父母所打断（端看你们在哪儿，凑钱在旅舍休息，或同学友人的外宿处，或以为父母不在家的家中卧室），他也想起相同的回忆吗？在你体内再次发作，你好吃惊他作为一个情人的如此在行，迷醉地问他："要是这次真的是别人，你会这样吗？"

他把你翻转过身问你："我还想问你呢？"你答不出，清楚感觉他下身在你体内膨胀如火棍，他抚着捏着你的脸，用看一个陌生人的眼神看你，你想躲开他的目光、他的手，左右摆头，他却下手愈紧，不失理智地按压过你的咽喉、搓你的胸，用力翻搅你的内里，你脑间冰冷下来，只感觉所有他到过之处都疼痛都惊恐，你屈起膝抵御他，用力甩头，他不再控制地全力压上你身，捏定你的脸要你看他，他哑着嗓子说："这不是你要的吗！不是你要的吗！"

你全力推开他的侵入，空气中一股甜丝丝的血味儿，是你咬了他？戒指划伤了他？还是他弄伤了你？原来所有引诱人偷情的最大基底是没有下一刻没有明天没有未来甚至潜藏的是死亡和暴力，像螳螂像黑寡妇蜘蛛，交合与吃掉对方同时发生。可是你多怕会在这异国的旅馆里裸着身死掉，那闻讯飞奔而来的子女、丈夫，要多不解、伤心、难堪终生。

你起身找衣物，觉得此时此刻只有衣服能保护你，但你头发被从身后揪住，他扑身向你，有异物捣入你身体，他大声冰冷地凑在你耳朵说："所以你不玩了？"

你只觉两只手太少，不知该拉扯挣脱他、护胸、护下身，还是遮眼睛，你放声哭起来："我饿了。"

那异物缓缓抽离，原来是他的器官，而非刀械，但留下的痛楚是同样的。

"所以你要回去了？"他声音从身后传来，像你不认识的人。

你抽抽答答地点头。

"你说的抛家弃子呢？"他责难你？

"我要回去找×××，而且我流血了。"摸过疼痛处的手湿黏黏的有血味。×××是丈夫的名字，你希望能唤醒他。

"回去以后不见了？"他感觉到你的恐惧，醋劲大发。

你点头。

"所以你选择了×××？"这样自然地连名带姓叫出自己、丈夫的名字，真真成了一个陌生人了。

你赤裸裸坐在零乱的衣物、浴巾、床单堆中，不知如何收场。

但你只知道，倘若能活到天亮，尽管假期才一半，你将趁他熟睡，收拾衣物行李离去，如同那首温柔甜蜜的歌词——当我到达奥克拉荷马时，他已入睡，他轻轻地翻个身，低声叫我名字，他哭出来，这才想我真的已离他远去了，尽管我一次两次三次试着这么告诉他，他就是不相信，我会真的走开——

你身后响起奇怪的声响……

还是不喜欢这个发展和结局？那我们只好再回到"于是一对没打算离婚，只因彼此互为习惯（瘾、恶习之类），感情薄淡如隔夜冷茶如冰块化了的温吞好酒如……的婚姻男女"处，找寻另一种可能吧。

《神隐 I》

不不不，才不要回到那一段，且把故事画面回复并暂停在《日记》中，立在人涌中的桥上的那一刻，也就是你终于知道《东京物语》里，并肩立在桥上的优雅的老先生老太太（还是类似你外公外婆同样的黑白泛黄照片吗？）在喟叹什么了，"吃不动了，走不动了，做不动了"。

呀，这不该是一种从不曾有的自由的感觉吗？贪嗔痴爱的肉身再也不能纠缠你如同脚系铁链巨石坠往五里之河，不再有永远不餍足的饥饿和欲求、老旧快罢工的心脏、老治不好的各处湿疹和牙痛……

你将可如同那穿梭的燕子自在飞翔，你眼中爪下的世景将再也不同……但如何你觉得这、不等同于死亡吗？再不能吃，再不能肉体欢爱，再不能以百万年来学会直立的祖宗们行走于地表的速度一眼一眼看周遭世界。

这就是死亡啊！你大恸如某些寻道终生的修行之人临终悟道的悲欣交集，热泪如倾。

难怪都要有子女、有后代，看他们替你使劲地吃，使劲地做，使劲得便仿佛你继续地活，还在活，甚至如新来乍到才刚刚开始。

这其实早就开始了不是？儿子女儿一两岁，你还抱得动他们时，不就最喜欢这种冶游，你偷借他们除了语言表达不力、其他都比你新比你锐利毫无潮锈的官能重新认识世界。你抱着一架珍贵精密的侦测仪器似的问他"那只狗狗是什么颜色？"仪器回答"跟公公头发一样，白色的。"你暗暗吃惊仪器自动分析归纳整理检索的高性能，知道

"白色"不是指形状、质料，或一头四脚兽。你问仪器"前面来的人是叔叔还是阿姨？"仪器毫不迟疑"是个叔叔。"好奇问他为什么，他答"因为没有妈咪的萨勃ㄋㄡㄋㄡ。"戳戳你的胸怀，关键字是仪器自己的编码，至今未明。

他尚且在同样的桥上回答过你的求问"那些鸟儿哪只是把拔鸟哪只是马麻鸟？"你指指河滩处伫立的鸟群。仪器认真凝视，你从侧面看它严肃的面容、眼瞳，也不禁敛容，仪器胖手指指给你看"那是把拔鸟儿，马麻鸟儿，葛格鸟儿，笛鸟，梅鸟，贝比鸟儿……"仪器求一奉十。

因体型大小分出长幼不难，不知为何他就知道有冠羽的是雄性、朴素无彩的是雌的。

仪器在手，你眼前的街景、图像再不相同。你甚且贪心地想趁他们也许未忘记前生事地突袭仪器"为什么来做我们的小孩？"仪器回答："本来我在天上飞，后来看到这个把拔和马麻很好，就来找你们了啊。"

你不敢贪多再问，觉得偷窥了天机，你只好奇，在天上飞翔那会儿是神祇是鹰鹫或蝴蝶之属？

也因为这样，你不能相信他们在今生之前是不存在于大化的（不论以哪一种形貌，蝴蝶、神祇、某朝代的人），因此你确信有前世，那，自然也就有来世了，你从儿女的存在，始生有一种隐隐的宗教感。

你趴伏在桥栏上，努力不被擦身而过的汹涌行人仿佛有力的激流刮卷而去。你与人群不同方向，面对着平阔河面直去的灰紫色远山，任浮想翻飞。

但，正俯身在拍摄桥拱下穿梭燕子的那人，那与你一起生儿育女共走了四十年的人，是得到自由的那个，还是觉得已束手就死的？还是和你一样，挣扎在这阴阳边界的？

你悲悯地看着那人声杂嘈中的背影，背影直起身，手按着腰，回头问你"可以了？"其实并听不见他声音，但你遥遥这厢得讯了，静静地点点头，可以了，知道答案了。

你们一前一后被人流簇拥着，离了桥，不得不顺着人流挨着商店街走。你们不急会合，多年默契知道万一走散了，就拣遇到的第一间咖啡店会合。如此你不得不在看饰品小物时，他前头在看摄影器材店，等你越过他看药妆店、服装店、香氛保养时，他又前行在一家便利商店翻杂志了。

其实没一家店是你想逛的。好些年了，全是坏品味，染色的羽毛、动物皮毛纹的图样、荧光亮片假水晶乱闪一通，连你过往爱逛也一定会买到东西的香氛店，也约好似的全流行甜的、红的、浓烈的热带水果风，弥漫着假假的、叫人要窒息的人工香料味儿。

连那生活杂货铺也不再是你曾喜欢的一种生活想象了，例如阳光的大窗、铺了干净棉麻台布的橡木桌上一蓬庭院里刚摘剪来的雏菊插在奶白色的厚重陶器或细致古典图样的英国瓷钵中……替换成各式各样刑具般的让人瘦脸、小尻、提胸、紧大腿、修小腿，甚至照顾到每一个别脚趾的保养械具，你不明白人为什么可以如此无所事事公然爱自己到这种返祖的地步。店里，柜前挤着在镜前掏着、转着试用品在手背推抹、朝眼皮刷着、往嘴唇按点着的灵长类年轻母兽的脸，她们齐齐发着一股宜于交配育后的费洛蒙气味。（若丈夫身畔是这样的雌性灵长类，会不会有不同的反应和作为？）

跨出店后，你立即继续被推挤前行，行过小型电动游乐场，见他背影正看人在打大鼓机，腰板板的，应该是专注得口微张着、像个陪孙子玩的慈祥爷爷吧，你无法伫停，只得从人流闪身进一印度店，曾经，让你大半生都从不曾失望的那文明的色泽、造型（也就是你每次进店总可以满载而归的），如今不净观似的完全暴露出它数千年来想尽办法对抗解决的炎热、匮乏、生老病死之不得力；五色丝绳系悬着的小串铜铃（挂在纱门上很快便风吹日晒失了颜色、铜锈也蒙拙了铃响）、印着大象蔓藤的棉布床单如何都洗不去已分不清是染料还是已深入纤维的汗水体液霉斑味儿、那烙印着神话故事场景的羊皮背袋被你供在衣橱一角比你肌肤皱纹还多还脆薄还沧桑，还有那曾让人如梦似幻的繁华纱丽什么时候Polyester替代了棉或丝，散发着因不透气而燠濡出咖哩味儿的汗水体臭……

你逃离蜘蛛网缠绕的洞窟出店，那人正像恒河上的莲花漂过，在你一公尺前，你们之间却塞挤了五六人，毛发繁盛都是儿子女儿年纪。事实上，这条数十万人的人河中有一半以上都是这年纪吧，换句话说，不过三十年前，这一半人，是不在这现世的，他们没看过你看过的世景，你们一代人喜欢的、憧憬的、困惑的、畏惧的、享乐的、受苦的……这一半人，是无由得知的……天啊，你暗暗地惊讶，这是多大的断裂啊，已巨大到不发生争吵、打架，甚至打仗才有鬼呢。

原来是这样，不再留恋现世的东西，不再了解和喜欢现世的人（包括儿女），其实都在预做准备，预做前往彼岸世界的准备。

（死神敲敲你的门）

半小时后，你果然在遇到的第一间咖啡馆看到他，他居然有个临窗位子（因店里人山人海），桌前一杯冰咖啡，眼神愣怔着，你敲敲他眼前的窗玻璃，他聚焦了几秒，才发现你，立即起身，指指空下的座位，要你进去坐的意思。

那是你们的老习惯，总是他照规矩排队，买电影票、买车票、买水煎包、等进场，你总不愿多费一分钟枯等，总叫他"占一下位置"，然后你频频离开，四处闲逛溜达，买点零嘴吃食的，总是总是，时间掐得精准，快轮到他进场了，你才回来。年轻时，他会仿佛失而复得地将你一把拢在腋下，拂拂你头，后来，一脸焦躁怨怪"不明白这是什么怪习惯！"却也没放过你一次鸽子，总是他在那儿，你去去来来出出入入，频频告退，是否，他也曾觉得某次离席中，你也被替换过，如此熟悉，又如此不再是，刚刚，他不半天才认出你？

你们隔窗热烈地比着手语，他总算弄懂，把桌上的咖啡端去柜台换装成外带纸杯，挤出店来递给你。那真是不智的决定，立即你们被手中的咖啡给人潮挤得溅了一身，"干吗不在店里喝，有位子好不容易。""想去小王子。"是一家城市边缘的咖啡馆，不在祭典动线上，一定少人。

人太多了，你们精疲力竭跋涉到街道另端封锁线之外，你们在路边招计程车（因为走不动了），反身看封锁线内挤爆的人群，你告诉他"这些人，有一半，原来是没有的"。你比了个大大的手势，是你这一天以来的想法，若以你们青春或盛年为坐标原点，确实，眼前世界的一半人口，是不在的，是不该存在的。

因此得出一个奇怪的逻辑，要是能移除掉这一半人，便可以回到以你们为坐标中心的那个时空，是这样吗？那些妄想用屠杀、用毒气、用战争移除人的狂人们，所想的，也许是同样一件简单事吧。

你欲前住的那咖啡馆在一水圳旁的住宅区，是多年前你们赏花时歇脚闯入的。不大的店里，照眼就知顾客是附近的居民，你们像擅入人家家似的。这人家布置精致有心，主人喜欢的元素有二，圣修伯里小王子（各种版本、瓷偶、餐具、桌布、厕所里的卫浴摆设……），另是披头四，暗暗的音乐（例如这刻正是*Jealous Guy*间奏的口哨声）。

第一次来的时候，正迷披头四的女儿，兴奋地把店里书架上的几本摄影集搬到桌上，一边翻一边讲给你们听，是哪次哪次巡回演唱，那回披露的是哪一张专辑。你和丈夫小披头四近十岁（也该是被仅存的披头二大手一挥涂销掉的人吧），加上讯息不充足的年代，你们只追上风潮尾巴，听过的，记得的，爱的就那么几首，不同于女儿的时

83

代，一爱上，就搜全所有专辑，网上与幸存的发烧友成天交换资讯心得（例如人人都到伦敦艾比路拍一张穿越斑马线的照片）。

老板娘，你后来才知道她是老板娘，寻常住宅区午后会出现遛狗的家庭主妇欧巴桑，为你们端上咖啡时与女儿搭讪，随即两人找到知音似的停不下来，欧巴桑说得亮起眼睛（啊，原来也曾是个野女孩），说四十年前曾经挤过现场的演唱会，说的仿佛昨晚的事。那一刻，她拘谨守礼的服务业守则全抛光了，唇边皱纹不见，眼皮不再塌松，头发也蔓生成浓黑似海妖，像电脑 3D 的修改或重建人型般的，原来，原来她们在这里，曾经你随女儿看他们的纪录片，那些片断黑白新闻片（不知为何常插入阿波罗 ×号升空或登月成功的画面）中尖叫迷醉晕厥的女孩儿们的脸，你一直好奇她们后来都哪儿去了，无法想象她会安于室、安于年龄增长、安于老去。她们简直不在后来的时空了（可能搭乘阿波罗 ×号离开这星球了）。

原来她们还一直在着，原来可能是办公室里那个你从未多看一眼等退休的女职员、银行柜台后坐办公桌戴老花镜的襄理、商店里不断强迫症般折叠被顾客翻弄过的衣服的店员，还有傍晚挽着个小购物袋去巷口买些收摊前便宜卖的熟食当晚餐、眼前这名标准的欧巴桑，她们什么时候都被偷偷换过了。

你只例外一回在巴士上匆匆那么一瞥过，一名妆容齐整、系条名牌图格围裙牵一头小柴犬的欧巴桑，杵在公园口的路边树下快速猛烈地大口吸一支烟，那持烟的熟稔相、那目光片刻飘远全不顾脚边哼哼哭闹的小狗的神色，暴露过一丝丝天机、一丝丝她前生的事：呼过麻、疯狂爱欲过，全不是子辈、现在的丈夫或伴侣、现在的同事邻人可想象的……如同你，你们已经被定格，成了一帧泛黄的照片，挂在屋子之一隅，盈盈笑着，但没有故事，无人探究。

但，这有什么好奇怪的呢，并不太久以前（呃，其实有四十年前了吧），你和男友（丈夫前世）坐在末班公车上难分难舍，你们已经你送我回家我送你回家来回搭乘了好几趟公车了，无法分离，你们恋恋不舍再再摩拭过对方全身，为要把他眼睛牢牢刻在脑皮层里，把你的胸怀按压进他的胸腔，把对方的体液溶进自己的腺体中，就仿佛电影里明朝要上战场不知能否活着归来的男女。

是你们亲吻有声或散发的强烈费洛蒙吗？空空的车内仅远远坐在近车门口的一对年纪似你们现在的男女回首看你们一眼，晦暗的车内你都看得出那混合着多种的意思，厌憎、鄙夷、禁制、恐吓"再弄就打一顿喔。"……还有，有艳羡……他们究竟羡慕你们什么而他们没有且不可得的呢？（你们钱包、勇气空空，连去最廉价的小旅社也不能。）是羡慕你们的迷醉激情、随时可交合的状态吗？算了那才是你们羡慕的呢，羡慕他们可以天天夜里同睡一张床上，不会有任何人惊扰制止，爱做多久就多久（那时你尚以为，天下所有的夫妻都是天天做，做到天亮，只奇怪那要什么时间用来睡眠休养？），是你满脑子最想的事，如何他们、与你父母同样年纪、或年轻些、或看起来明明大不了如今的你们几岁的男女，如此疲惫的、如此冷淡、如此公共场合目光不交集、绝缘体似的再无电光如同你们现在，是，怎么啦？

　　是生命、生物必然经历的成长、消磨、衰亡吗？或是
性别的差异？男人与女人。

《男人与女人 I》

都说现下灵长目人科人属人种的行为模式都在更早更长的新石器时代养成的，而今你们所思所行无非延续，甚至重复那些你们简直看不上眼、文明智慧未凿的先祖们。

这你愿意作证。

有一年，你们曾必须在异国的一个近乎航空城的新机场等待转机五六小时。办妥手续，你们相约起飞前半小时在登机门入口处见，你并建议他，依眼前指示，可上二楼的餐饮街找家咖啡店坐，或再吃一顿异国美食，上机就不用吃机上餐了。

那新机场有三四个购物中心加起来的大，地底有机场内部的轻轨电车接驳，但对你而言半点不成问题，你都不看指示路标，不虞迷失，方向感不知不觉以你们分手的CHANEL前为起始点，它位于辐射状的街道之中心，左侧是中央大道状，道末是有如小型超市、满溢着该国名产点心的卖店，穿越过它，是小型书店，沿店往中心回溯先是COACH，帮女儿挑一个当季的五色丝质包，斜对门的Cartier橱窗看一眼买不起的豹形绿宝石眼钻戒，隔壁的HERMES，发泄购买欲地买一条橘色Cashmere围巾，如此不仅不怕冬天甚至期待它。心虚地举目四望有没有万宝龙店，买一支新上市的冰蓝圆珠笔给他，平衡一下。

采集的路上，全没碰到丈夫，你原希望能碰到他，让他接手你的战利品，手上空空又可继续。

登机时间到，远远登机口空落落的座位，你便看到连丈夫在内的三五名男人，丈夫手边一落杂志报纸，神色被禁烟弄得烦躁疲倦。你问他吃了什么去了哪儿，他说分手后便依方向指示直奔这里，因觉得太大不好找。

这你恍然大悟，尽管大厅外是饱足的天光，各国旗帜图腾的飞机来来去去起起降降港口一样，但不见太阳位置，难察影子，不知东南西北，你也从不辨东南西北，你们，女人们，根本从来不借此辨方位，因为你们不须离洞太远，你们经过洞侧圈养小鸡小羊的栅栏圈（CHANEL），右手边前行不远即一丛布里提灌木群，你采摘着新热的浆果（GODIVA），将多汁的果子收好在你的瓜瓢或大叶子中（COACH包或GUCCI包啦），前行数年前被雷劈死的老树空干里觅得几粒蜘蛛蛋，是宝宝爱吃的（Häagen-Dazs），湿汪汪的沼泽畔，你拔取数茎翠生生的水草，边注目那漂萍下的小鱼影子，灵动可爱，你没要抓它，并非事事物物都要捕取的。

下午雷阵雨前，你得赶回去，胸乳隐隐胀痛，宝宝醒了要赖你胸怀。你加快脚步，绕点路，那是尚无人发现的小树丛，你在同一个鸟巢里摸到两枚蛋，和一支超美的羽翼。（是怎么了？发生了什么事？如何幸存几支缺它不行的翼羽？）你只费了来时的十分之一时间回洞，匆匆脚步惊动脚畔逃窜但不妨事的小蛇、小鼠、小獴……

洞窟里，另一名女伴正奶着你的宝宝，其他能下地乱跑的宝宝们正尖叫玩乐着谁拉进洞里未长角的小羊。

你们的男人月满时出远门了，如今过了下弦月，是凸月时期，不知这回会打什么回来，因为你们已经吃了好一阵的布里提果子和蜥蜴蛋和一只等不及它下蛋的鸡。男人们牢牢依日出日落影子方位这回往南走，因为据他们说这时节那里的一长带水泽是两角肉兽生养的地点，两角兽的捕猎并非没危险，常会造成死伤，但成功时，总能提供好几个满月的食物和冬天保暖的遮垫。

你好奇男人们晚间聚拢火堆时都做什么。无女人可滋润，无宝宝须怀抱，无小羊小鸡小动物须保护，无晒湿守干的琐碎工作，无捶树皮鞣兽皮可消磨……要做什么？

你的男人告诉你，他们聊上一回上上回甚至父祖辈的狩猎，其精彩、其惊险至谁谁丧命、其奇技（就是聊运动、当兵啦）可以直聊到月亮中天，远处有狼嚎；他们谈明日即将到来的那场猎事的分工（公司业务会议），他们谈万一猎物打到一只、两只或空手的分配（政治），他们不谈女人，不谈身体深处欲望的阵阵召唤（感情吗？），不谈自身的暗伤或衰颓，原来男人彼此不谈私事家庭，并非自尊，而是资料匮乏，因他们根本不知道他们不在场的时候女人小孩们在干什么。

（唉，原来新石器时代的男人，就已经是日本男人了。）

路途中，他们宁愿挨饿也不采集，乖乖严守着太阳造成的影子执念地走，唯恐因这买买巧克力那买个香奈儿包而偏离甚至迷失了方向，再回不到洞窟了。原来男人不逛街、不购物，是害怕像那听了女妖歌声因此回不了家的人，因此有那会犹豫的，会忍不住伫足向往一只高旋的鹰、会低头注目一丘蚁族、会想拣拾一块天空蓝的美丽石头给他女人的……就惨了，不是落单失群，就是迷途不知所终。

但那些可是你们女人天天做的事，你把美丽的鸟翼羽和蓝色的石头串进一茎你鞣韧了千百次、充分渗透你的体热气息的皮绳，将之戴在颈项，那鸟羽偶尔挲拂过你胸尖，令你微微笑起；你整理着羊毛，告诉一起做活的女伴你看到的那只鹰、那群蚁，你们的话总也聊不完，与时俱进，既重复又不重复，宝宝长牙，谁大肚子了，谁的女儿初潮，谁停经，谁吃得少少因此一定病了，谁的男人从蜥蜴从马陆学来的交欢姿势易于怀孕，也令人心荡神驰良久良久。

日复一日这些全都发生在彼此眼下，无须也无法逃遁藏私，你们一起看着小孩小羊小鸡长大，因此不须没脑伤和气的争夺，因为是源源不断可预期的；你们一起照养彼此宝宝，你们一起织成一块毯子，你们一起捏制土盘土碗，一起采撷布里提果子酿造并等待成酒，冬日无法出洞的日子，可予闷得发狂如掉进陷阱困兽般的男人共饮。

无法出洞打猎时的男人，仍然谈着离家在外时的话题，某次狩猎（唉，还是NBA和当兵），某次分配不公留下的愤懑（还是政治）……他们不大知道小孩怎么长大的，不知女人在干吗，不知他的女人停经了，老去了……知道的、犹豫的、恋恋不舍的、伤感的、娘炮的，早在途中，各种途中，被淘汰啦。

　　所以四时、太阳太重要了，关乎男人的存活大事；每日的晴雨和变化太多的月亮，比较被女人需要，因为女人身体内的血脉泉涌涨潮退潮且与那月亮的鼓胀和萎缩几乎合拍，月满时空气中会散发出隐晦难察的习习微风，你便好希望你的男人在你身畔，若他们不在，这时四下是对着火光发怔的女人、抠着岩壁砂粉吃的女人，或外出游荡乱采撷、不管没红的生绿硬果子豆子也摘了胡乱吞食（如此死过好几个女人哪），乃至你们之中最美的那人曾立在月下像远处的狼那样嗥起来。

　　但其实你们比男人更在意太阳，你们总与潮水般的鸟鸣和零星的这个那个宝宝的啼哭以及又出现了的太阳一起醒觉，影子一寸寸的移动是你们的作息表，例如影子最短与人合一时，你们忙把那干得还不够和最湿的东西拿出去曝晒，等你不须手搭凉篷便可望向远处时，你们可以把宝宝们放出玩耍，只消二三名最耳聪目明的守一旁，以便提防天上的鹰和灌木丛后涌动的夜行兽。待天起凉风、日影飞去，你们、哪怕是矮墩墩的宝宝的身影也长长的拉到天边时，便记挂着影子指向那头的男人们可平安、可有斩获。

日影一日日朝雷劈木偏去，旱季就要来了，布里提果子将放缓速度生长，万物皆预先脱水干瘪以度日，连那蜘蛛也迟迟不产卵了，宝宝无法只靠委顿无力的胸乳过日，你们将忍痛杀小鸡小羊。杀小鸡小羊的日子，气氛便不免沉郁，有那平日负责照料它们的（七千八百四十五年后，人称饲养员），就走到远远处，日落后才回。

女人对生、老、病、死是复杂纠结的，不像男人好简单，只有猎捕杀戮成功与否的欢快或沮丧和同伴死伤的失落，只有分配猎物时零和的张力。他们不懂烹饪，不知日月的细致，不懂算计，不懂其他生命的出生成长病老，不懂与同伴表达诉说交流自己的感觉感情，不懂感情。

然而感情，如何的无用之物啊，摸清你的女人至为隐晦难察的排卵期、到可以交配、到成功确保此期间就你一人与之交配、到她大肚子，你都心甘情愿猎捕喂食她和腹中你的后代，待她产下你的后代，你得更辛勤地猎捕喂食，喂活那为何如此早产、不能像小羊小牛落地就可站立走动的你后代，因此得确认它可存活可随大人行动，够了，四年正好，可以了，你好想把种子撒向其他沃土喔。

如此，感情，或说与这女人的纠葛，是无用之物，是阻碍，是危险，终其一生，即便不离去，将之冷却、淡化、消褪，终至无形，是必要的。

所以男人们好羡慕大多数的其他动物，不消行一夫一妻，不须在育种年龄之外之后，还得回应母兽的感情，他真想能像一头过了交配育种期的退休狮子，择旷野一角落默默老去，嘿，别吵我。

《别吵我》

原来答案如此简单。

即便你们坐在熟悉温馨的小咖啡店里，不大不小流淌的是披头四的 *And I Love Her*，是他们少见的宁静不骇的歌。歌声自然招来记忆，你们共度的历史太长，你不知要提哪一段，不过你并未开口，眼前那人如在旷野那般，遭风吹日晒不动的已成岩。

当然你也看过那仍依恋女人的，再要比你们现在老个十岁、职场退休了几年的老公狮，错觉老母狮是妈妈，跟前跟后揪着她裙角唯恐走失，吃东西要妈妈照顾，出了厕所要妈妈看过（通常是裤拉链忘了拉好）才放心，妈妈是与这世界的唯一联系了，脐带一样，所以有那眠梦中仍紧紧抱着母兽的，是幼仔的索乳而非任何一丝情欲了。

你的男人也曾万分恋慕你，入睡迷濛际，总把你的腿捞来横过他身躯那样地睡，沉睡中，怕你逃跑似的握牢着你的脚踝，他说你的脚踝令他想起曾窥伺埋伏过的一只鹿的身姿，那富含着可踢死人的力量而又如此纤巧精致爱娇。

唉，说到哪里去了。

或许，该静静地让他老，别吵他，不仅别吵他，该学学他，因为你太贪心了，这你也才懂得公车上的老夫妇，他们，老去的你们，口袋满满回忆满满，要做什么皆合法合礼制合道德，唯缺爱情和欲望，啊，与十七八岁的你们多么多么相反，你们两代人既羡慕也憎恶对方有而自己没有的，你们简直不知他们在忧烦什么，因那忧烦对自己完全不是问题，例如现下的你们有闲钱、有假期、飞到异国城市住所费不赀的旅馆、不须考虑盘算的爱吃哪家餐馆哪家咖啡皆可，就如眼前，但你们只能如两尊岩像的不交集。

你不愿相信并接受人生就这样进入石化期，一种与死亡无差的状态。

你曾有机会直接问他"难道我们就这样过到老？"这样的意思是有半年未有任何的身体接触，那人说"你不觉得这样很自由？留一些给他们吧。"他们指的想必是儿子女儿以及他们那一代了。你们是拘谨的中产阶级异性恋，如此的问答是教养之极致了，老公狮可能确也说出了他当下的肺腑之言。

但你依旧不愿就此相信，你们虽日益衰颓，但身体健康暂无病痛，你不免猜想，是那头年轻的母狮尚未出现？若那头正确的母狮出现，他肯定不自量力地倾自己余生最后一滴精力追逐，这，在你们周边的同代友人身上，并不鲜见。

你只好奇，那年轻的母狮，将是一个与你相同或，完全不同的人。

这你也见多了，某几名友人的风流老公、终其一生你目睹或知道一个换过一个的韵事对象、几乎与他老婆同一长相，这令你不解透了，为何再再冒着家破人亡的风险、如此辛苦耗神追求的不是尝新，而是一再重复温故？是身体内一幽微深处的不得餍足？例如幼时偷窥沐浴的一邻家姊姊？一曾经在微风的午后陪你做功课的早逝的堂姊？一部黑白老电影中那美绝的女星所扮的鬼狐最终消失在大雪纷飞中的一个情色边缘的神情身姿？……所以终其一生，定要把它捕捉凝固住，不准消逝消融。

行将暮年，你才强烈好奇，若有机会，丈夫会是哪一边的，是找一个比较没松解腐坏的你（原来，你在什么时候也被替换掉啦），或还是一个与你完全不同的人（因早已受够了你）？这在过往并非没机会知道，但总是在还没半点进展可能时，就被拦阻了、被消灭于无形，总是总是、哪怕一张丈夫公司旅游或会议结束的例行合照，相片中几十个呆板无差异的人脸中，你轻易便可辨识出那个不寻常的女孩，难以归纳出高矮胖瘦长短发类型，毋宁是一种气质氛围，野野的又挺有教养，不彩妆雕饰却蛮美的，聪明却又傻乎乎的，最不容易的，有一对纤巧似鹿会叫他眠梦时也牢握不放的脚踝，却又同时是圆鼓鼓的胸，让他暮年公狮尚可恋慕……你总在他都尚未自觉时，就想法得知那女孩不甚光彩的私事，夸张十倍聊天时不经意告诉丈夫，丈夫沉吟不语，吓到了吗？又或与她结为好友，近身看管，你简直像一名史上最厉害的后妃，不着痕迹地清尽君侧，终至现在。而今你想找一名能歌善舞的小歌妓（笃姬那种，可不是章子怡），妄想让大王从此不早朝（那人，像你父亲暮年一样的睡得好少，天亮即起，尽管敛手敛脚怕吵到屋内人，但那不时的单声咳像卫星定位系统，透露他的脚踪：喂喂阳台的鸟、弄弄盆栽、而后下楼取报、待安静了、一缕茶香、间杂翻报声……是父亲吗？另一只默默老去的老公狮）。

《神隐 II》

都怪你们对待子女的关系太过正常，一点都不变态，例如丈夫从未把女儿当作你年轻时那样爱，你对待儿子，也从未寄托任何的浮想，这，并非自始至终皆如此，曾经你三十几岁、儿子四岁时，你可把他当作那可以救你脱离单调无趣重复生活的白马王子呢。你们常玩一游戏，夜间飞机降落时，总挑窗边坐的你们，你指着窗外美如散落在天鹅绒上的宝石的灯火、急切起语气对儿子说"我要那颗、红色的那颗。"四岁的儿子当场振作凝神、真的找寻起千万颗闪烁中你要求的那一颗，往空一抓，郑重地交给你，你故意贪心，唯恐错过地说还行还有那颗那颗、最大最亮的，儿子被你语气影响，好紧张地仔细端详，回过头来问你"是蓝色那颗旁边的吗？"你泪水盈眶，点头，他快手快脚出手便抓到，小心翼翼捧给你，你合手接过来，郑重地道谢"谢谢你，谢谢你。"你按着胸口，发誓要记得此刻，一辈子不忘记。

原是你打发飞机降落时的恐惧的游戏，成了再再的海誓山盟。

但那个与你海誓山盟无数次的儿子，如今也早被替换成一陌生男子，是的是替换，因为你们须臾未分开过，渐层的变化你并未错过，如何今日如此陌生？你鲜有机会看到他，他早不与你们同作息，三餐皆在巷口的便利商店解决，他衣物不许你碰，待积累成一大袋再捎去洗衣店，他拖着漫长的求学生涯（延毕、研究所、博士班）以避开就业，他成天闭房门不出，电脑桌前修行一般坐破过好几把椅子，无非线上游戏或聊天或游荡或偶尔做些与学业有关的。周末晚上，你会将生活费零用钱从门底像狱卒送牢饭一般送进，他唯一出门时是搭高铁去台中女友家帮忙修电脑……

他绝非世上唯一这样过活的，这世界尝试用各种修辞来形容他们，宅男、啃老族、植物男……你学会任他现身的时刻不说话，忍住说那发自肺腑千篇一律的"想吃什么？"或"早点睡吧"。因为他胡茬茬杀人犯似的望你一眼。你从未变态地去揣想儿子（丈夫少年时？）与他女友的相处，也许并不出你意料的是无性关系，都说他们这一代男生第一次性经验的触摸女体都是透过鼠标，对方无非是女友、网交对象、当时点击率最高的AV女优。

他们拙于生物的所有技能，不知如何吃未切理过的水果，不会开炉火，不会打开不是易开罐的瓶罐，不会网上交易之外的银行邮局与真人行员面对办事……想必，他们也不懂得交合之事，你便目睹过咖啡馆里一对年轻男女并肩坐着看笔电荧幕上的A片，两人却连手也不牵，眼也不互望，若那时从他们身体里悄悄伸出钢管接榫、注射器、连结插座……借之完成交合，你一点也不觉得奇怪。

他们甚至不大会说话、表达己意，因为语速太慢，远远慢过他们在各种网上讨论区的抢着语不惊人死不休的敲键速；他们也不相信喉咙发生的震动借空气传达入对方耳朵这方式，他们都用像触须像声呐的手机交换传递讯息，尽管那讯息内容与千万年凡属群居动物所传的一模一样：哪里有个肥美猎物（某家299吃到饱的餐厅其冰淇淋竟然是Häagen-Dazs、某家电脑配备升级免费……），哪里有个幻美对象（某乐团的年度夏日演唱会、某代言线上游戏的超级show girl周日cosplay登场……），哪里有敌人（嗯，崇拜偶像的绯闻对象、某个搞不清什么政党总之嘴很贱的政客……）。

……

唉，这些看不上眼下一代的抱怨何其熟悉，并不太久以前（啊其实四十年前吧），你们常听君父辈们抱怨，他们以生命以青春以自由为代价换来的，竟只是没有价值信念，因此也没有努力奋斗的你们这下一代。当时你何其不平，差不多点吧！若他们的努力打仗换来的是你们这一代仍要打仗、贫穷、挣扎，那干吗！你才不领情咧！

同理，你们努力（或没那么努力），应该无非是要替他们挣个可以发发呆、啥事不做、享乐或颓废的空间吧，毕竟，那也是自由构成的一部分，自由的选择，可没说一定要选择上进、有精神、温暖、当志工、以天下为己任（扶老婆婆过街、帮你去邮局寄快捷……单子太长了）。

这样再一代，会绝种吧。

男人不打猎，女人猛采集。

你女儿，就成日携着上好的芋叶包包，从不空手而回，她在她学校的周边小店连锁平价服装店小饰品摊可买，进便利商店也同样地兴奋热情绝不空手出来，愿意随你上街办事时更伺机出手平日看准了但不舍得买的（你付账），她对你看中之物总挑剔不休（倒也打消掉不少冲动购物），一次终于开玩笑的语气说"嘿，别乱花我的祖产"。

她与你餐厅共进一餐总周公三吐哺，频频离座去洗手间，你关心她是闹肚子或减肥催吐，后才知她是去照半身大镜子，内衣肩带可露得恰恰好，睫毛还翘不翘并再补刷刷、刘海撇拆了没、鼻头毛孔怎么看得到再抹点BB霜吧、嘴唇再补一层嘟唇蜜，哪管甜食饮料还没上。

女儿也只要男友做一切偶像剧里的疯狂追求举动：雨中鬼魂一样立对门的路灯下；情人节超大把玫瑰花和巧克力；跨年订好一张可看烟火全景的餐厅临窗位子；大吵架后，抱只半个人大的大布偶如小叮当或Hello Kitty坐捷运走大街一路不怕人笑不怕人侧目地来讨她褒姒一笑。你也不担心女儿怀孕，男友留宿过女儿房间几次，半夜听到他们爆笑声，无须针孔窥探，是在共看一本漫画和上Youtube看可爱的宠物短片，第二天，清出一堆饮料罐、洋芋片空袋和金莎巧克力糖纸（它们原是一束金色捧花）……

你清洁妇似的拎着垃圾袋立在女儿卧房门口，空气中满满是盐酥鸡的味儿，没有半丝费洛蒙。他们是知道太多，看得太多，还不及自己上场就食伤了。

绝种的，是你们这一代吧，你们仿佛狮虎或马驴，有了后代，但至他们不复。

这你倒半点不想假装担心，届时，蜂绝种后四年，人族灭绝，包括你子你女，不失好事一桩，是人族勉强对地球的赎罪吧。

你那曾经得窥天机的灵动儿女，如今你也不识、不喜欢了，你仍爱他们，但不喜欢他们了。（这，岂非也是为了离世做准备？）

曾经，儿子面露不耐回答你的那颜色，你亟想抄起一件家伙打杀了他，因为眼前的人先已杀了并篡夺了那为你摘星星并以双手捧给你的四岁小男孩。

那替换的系统和方式如此精致难察，你记得是他小六时吧，不再肯与你牵手，躲开你的手，那时他个子未抽长，声音仍孩气，脸颜光滑像婴儿，如何他不再是之前的那孩子，天啊，你捂住口，哽咽难言，那孩子给绑到哪去了，如今安在，你竟没有即时搜救他，你们早错失了那黄金时间了。

"怎么啦？"桌子那头的老公狮为你斟水、打断你、叫醒你，口未开，但眼里正问你。

"你会想他们吗？"他们是那四岁五岁被人绑走的儿子

女儿。

"怎么会，才出来两天。不要东想西想，他们饿不死。"确实你们出门前买了各式泡面，像那不断往巢里已经好大的小鸟张着的大黄口忍不住塞东西的老燕子，因他们齐声宣称绝不会打开冰箱吃你预煮好的一袋袋食物。

你多想抛掉这一切，抛家弃子，回到《偷情》那玫瑰色的篇章，前往观音寺赏紫阳花的电车上，告诉那男子"我喜欢你，不想放你走，不想假期结束，不想回去"。

而他，会用同等的热情和戏剧性回应你吗？

《女人与男人 I》

女人可以工作（或曰手不离实物）到最后一刻，无论新石器时代或现代医疗病房里。

她早已老衰，但仍可听音辨位照管外出采集的年轻女人们的仔仔或自己的孙辈，或小孤儿，或孤儿小羊孤儿小狗，她不需眼力便可做好洞窟内的工作，例如感觉到一股干燥的热风扑进洞，便摸索待晒的褥垫将之拖拉出洞，她舒泰地感觉着那阳光，欢喜那热度多年来一丝丝不曾偷工减料，你希望它能晒化你石柱一般的双腿，更好能解冻数日前也凝结为石头的腹腔，这石化自下而上，就快要到心脏了，你按着胸口，你见过各种动物的心脏，深知它们不再跳动后的意义。你依风声和打在脸上的沙尘执意往布里提灌木丛走，你摸索到一两颗届成熟的果子，揣在皮袋中，你的手指也开始石化，得花较多的时间才能精微地感觉出蛛巢中的蜘蛛蛋，你最怜惜的小孤儿最爱这一味，这时风向有些改变，把你束拢好的发全给披盖在脸上，你站定，深呼吸，调整风向与你欲去处的关系，这天，你不自量力地想去那水泽，你曾捡拾过美丽鸟羽的地方，你希望能在日落前去回，因那日落会改变温度、会乱了风向，那时会从远方吹起长长凉凉的风，迷乱人心。

你以为自己拔腿在跑，事实上那速度远不及石化的快速，那时，鸟鸣和时间如潮水，（啊，脚业已石化）你倚在那雷劈木下成了石像，袋里揣着布里提果子和蜘蛛蛋，手捏一茎美丽的鸟羽。

男人，从某次负伤不能再出猎，便静静择一角落，混在幼儿堆里大张黄口等待喂食。他不知哪个先发生的，他养不了后代，所以不再撒种，还是颠倒过来，总总他觉得再舒适安全不过。他也不再去偎近他的女人，哪怕只是静静地睡，因他怕那一点点的异样气息会引得年轻男人的注目甚至敌意，他混迹在孤儿圈或残疾圈或罗汉圈，罗汉圈年纪轻但找不到配对或没有生育能力，工蜂一样地沉默。他也曾害怕黑里摸索错铺位招来杀机，索性自愿放逐门口小鸡小狗小羊圈看守，那日子，好自由也有点好可怕（那远远灌木丛后红色亮点的豺群压抑着喉咙的吞口水声），你终可以不用狩猎和求偶的眼光看世界，日出日落、影子指引的方向不再重要，雨季旱季不发生意义，你羡慕着空中盘旋的鹰鸶之属，亟想知道它们眼下爪下的世界，你看着女人们进进出出借以校定时间（她们往往比太阳还准时），那些破破烂烂披披挂挂的身影，你竟分辨不出那与你生了好几个男仔女仔的女人了，有那之一也许是你女儿的年轻女人曾匆匆过来塞一块暗藏的烈日曝晒成皮革般的肉干予你，她不知你早已齿落吃不了啦，你将之用石块砸成薄片，撕成丝条状，喂那孤儿小狗，你常怀孤儿小狗孤儿小羊睡，发作一生除了打猎携分得的猎物回、从没有过的父爱。

他们没发现你齿落，没发现你嗅不到、听不到、排尿滴滴答答不再像过往可冲垮一丘蚁穴，没发现有一日你为了找寻一只孤儿羊走进旷野去了……多日后，有一名孤儿发誓说曾见你在不太远的树上，女人们依他所言前往找寻，果在一株雷劈木上发现一只蹲踞的鹰。

《男人与女人Ⅱ》

精确地说，是老男人与老女人 ——道德和法律都牢牢保障的一夫一妻异性恋婚姻状态、退休中产不虞生活吃撑了的——某一寻常午后。

老女人不在家的午后（她们结伴陪彼此逛医院看不碍事的小病痛、买健康食品、登附近山丘顺道买有机蔬果、山里泡温泉城里做Spa、练扇子舞肚皮舞佛朗明哥瑜伽、鼓起勇气去镭射除斑打肉毒杆菌、逛各种画展特展以补足国外旅游时因购物而错失的美术馆博物馆，也做点慈善如群聚谁家借新买的意大利大烤炉做小饼干赞助中辍生义卖或替独居老人送中饭），她们呼啸去某女友退休同事开的一家附餐饮的生机食品店吃聊一下午，你会知道，是因为她总会带回打包外带食物当你的晚餐。

这一天，你激切等待她回来，因为怎么都找不到你立即要的、嗯、噢电池，起因是一只超大的蚊，静停在相框上好久啦，近乎挑衅地等你捕猎，电蚊拍的肚腹空空，依稀记得几日前家中有人出门时望屋内喊"有谁要丢电池？"那是鲜少出洞却恪守几项环保守则的儿子要去巷口便利超商买便当饮料或游戏卡兼丢回收瓶罐和电池，你把已呈微弱电力的捕蚊拍电池掏出给儿子……如今，新电池收哪儿？你无助地环视屋中有柜有抽屉有收纳功能的家具，茫茫大海哪，你不愿轻易开启任一项，因上一次的行动，你试着再平常不过地模仿记忆中她的动作拉开一处头顶高度的柜门，几包东西应声砸落你头上，幸亏只是、卫生棉，女儿的吧，不是罐头重物。你阻挡土石流爆发地把它们塞回去，不敢再冒险，不如等她回来，反正蚊子还在，一时半会儿也没要离去的样子，你静静屋内行走，怕搅起的空气会惊扰它致飞去。

这是你们结婚第六七年自力买的房子，住了四分之一世纪，如今成了陌生之地，每一个柜子想必都藏满储满你无法逆料的东西，你没有因此想借机探险，因为无力也不想承担那些惊吓，她的秘密、女儿的秘密、儿子的秘密……你集中心力等待她，唯恐她进门之后的气流和声音和给你的餐包。"哪，晚饭吃这个。"随即描述那餐包之来历、店名、风格、价钱、新鲜事儿……唯恐会因此忘了你等待她的原因、电池，是了电池。

你都快忘了何时也曾如此焦躁地等待她回来，是一次她出国开会兼旅游近一个月的返国吗？那时你正盛年，白日好像正常人，夜间成了狼人，大量租回Ａ片和色情漫画，回到青少年，做她平日不喜欢你做的。终至她回来的那日，你快成了新石器时代人，不穿衣（奇怪那时儿子女儿哪去了？），浑身发烫，战栗栗地等待属于你的那只母兽进门、交配。

你啧啧称奇，像打量一个陌生人地看不过十来年前的自己。你现在等待她，大多等待一个餐包（你竟也成了她送饭给独居老人之一人了！），而后就是习惯，一连串的习惯，习惯她有一下没一下说外头的事，习惯她将晚报递给你，习惯她将门窗大开、让傍晚必定会有的晚风进屋，习惯问一声儿子今日出去买过便当没，习惯问一声女儿回来没，习惯躺在沙发上、双脚垫高、随即昏倒似的沉睡不超过半小时，习惯被一两通总是这时打来的她妹妹或嫂嫂电话吵醒（那铃声是你们年轻时喜欢的一首拉美情歌，只有这时，你心脏总会乍乍一裂），她们聊聊那日的股市或相约周末去赶个某精品特卖会（因妹妹尚未退休还得上班）……晚风总携进阳台的花木味儿，这天，是隐晦的西印度樱桃不显的花气，你想，也许到生命最终的一日，也是这样不变的习惯，习惯，你习惯了她，习惯她在，如果那叫感情，就感情吧，唉，跟年轻时以为、想象的真不一样。

她进门后一阵风样的习惯，果然中断了你想望她回来的理由，直至她进浴室，你想起来了，隔门问她家中电池收哪儿，她中止水声回答"泡面柜。"泡面柜？你没立即应声，她想必知道你没听懂，再次大些音量重复一次"泡、面、柜"。

好了该知趣了，你回答她知了，随即让那余音想办法在脑中重播，没错，元音是"ㄠ~ㄢ"，好吧，泡面柜你倒知道在哪儿，是这样的，好些年了，听力、视力的衰退捉弄够人了，起先，你们以笑话方式掩盖它，好比便利超商的大热狗看成大熊狗，因奇怪那是啥东东；好比某餐厅点菜，你惊见菜单上大刺刺条列梅花鹿肉，惊骇的手指菜单问侍者"这，是台湾产的吗？（不是保育类动物吗？）"侍者面无表情称是，你质问侍者"这可以吃吗？"侍者抬眼看你一眼，断定你精神异常或奥客一名，答"我们师傅用照烧料理，是本店店长推荐的商业午餐。"你大为骇异，毕竟拒点，当然，后来看清菜单（原为打算向主管机关农委会检举），乃是梅花肉。

又随意翻开报纸某版，全版盛开似海的樱花林，林中依稀两名漫步的人影，大标题为"北海道一日游"，你们好些年前去过，便温故纸上漫游，露天咖啡、夕阳、海、海港吃海鲜、唔、富基渔港（真巧与你们国的同名）、邓丽君墓园（怎么他们着迷泰瑞莎邓至此？）……噢，北海一日游。

后来这类看错听错的笑话太多，渐也不好笑了，无法掩盖老年、退化，只得假装都看懂都听懂了，尽管心中常纳罕困惑。

这会儿你就心存困惑地打开泡面柜，掏出各种拆了没拆的量贩包装泡面、料理包、调味料、罐头、早餐谷片、饼干、果酱、即食谷粉、咖啡豆、茶叶罐、保健食品……像超市的食品货架，你几乎肯定，电池不在这儿，所以，你听错了，因为家中东西放哪儿，她绝不会记错说错的，于是眼下有两条路可选，一再去敲门问一次，忍耐她语气中必定会透着的不耐，二是，你选择了二，志气陡升，决定把整柜子东西全部掏出，翻它个彻底。

黄昏时就已忘了上灯，这会儿更坐困愁城在如山囤粮中，片刻，忘其所以，不知要找什么。

被雷声闪电惊醒的吧，她将灯大开，作惊呼"干吗呀?！"

你讷讷仰视她、勉强回答"找电池。"

她像看一名病人那样看你，放柔声音"不是说了照、片、柜吗？"

她强忍百般波涛汹涌的情绪，你读到其中有一丝丝是你害怕的"同情"。这一两年，她变得很悍厉，不再迁就你、附和你，不再婉约含笑，不再在意地注视你，她也没了气味（又或许，是你老衰先失了嗅觉），她变成无性别的人了，与你一般——然而，她变了吗？这你才知道，过往，是因为你的阳性、使得她阴性（当然也可颠倒），或许是你不再是阳性，如磁石失了磁力，她也还原成了无磁力的石块，你们坐在车里，走在路上，不再像前半生那样手牵手牢牢依附，如今你们哪怕只是屋里错身而过，也缩身提气怕像路人一样不礼貌地碰触到彼此，你们再不会像两块磁铁牢牢吸附了。

《男人与女人Ⅲ》

仍是一个老男人与老女人的午后，以及午后的告白。

作为曾排卵行经三十年的女人，你不愿意相信这一切，仅仅全都只是生殖能力和机制的作怪。

曾经接受他，接受他进入你的世界、你的生命、你的身体，他所及之处，因此全变成玫瑰色，一种樱花盛开在阳光下会齐齐汇聚成的渺茫迷离的杏仁香气。

是因为他的器官（眼睛啦），一秒钟没有的缺席，见证

过你的疯狂野女孩时代，见证过你圆润却无一丝赘肉的身
体，见证过你的梦想傻话，见证过你年轻母兽吃醋的愤怒
和泪水，见证过你的大胆无畏，见证过、这世上一半人不
知道没见过的你（如同一张相片，你穿着当时流行的几何
图案短裙洋装、皮绳缠绕小腿的平底凉鞋，浓发中分披肩、
两枚迎风晃动的金圈耳环，双眼明亮看得极远、因那梦想
仿佛一匹野马般跑到天际、你得踮脚穷目力追索）……

你的人生得以亮起来（女性主义那些自主论述暂时放
假一天吧），若是没有他的见证，你几乎要怀疑，那短瞬的
四十年五十年，只是一场黄昏低糖低血压的沉酣吗？

如今玫瑰色樱花香散去，他松开眠梦中也牢牢握住你
脚踝的手，说自己自由了，也放你自由。你对着灰茫茫的
广大天地不知所措，哪也不想去，你真想问他，那你当初
干吗惹我？

老男人，一生前所未有清醒的老男人如此回答并告白：
抱歉年轻时我从不曾好好听你讲话，我假装凝神听你讲你
童年恋慕的一个男老师还是同学的哥哥（？），我满脑子只

想一把捞过你的腰，扳你的脸，亲你的嘴，借以深深探进你的心（先胸腔吧，日后再腹腔，精确地说，骨盆腔）。

你为期好长一段公司内的人事斗争，孩子们入睡后你不再逞强地哭倒在我肩膀，我只想，最短的时间把你剥光光，那泪水比任何体液都催情，我多想立即被你强烈愤怒因此一定同样灼烧痉挛的阴道包覆。

我多抱歉在你向我回忆青春年少的遥远梦想时，把你按倒在异国赏紫阳花的观音寺参道密杉林中，捏你的脸、压你的喉颈，审视并着迷你那即将凋谢前一种从未有过的奇异的美。

我从未好好听你说完过话，说你的梦想，说你的灰心，说你亲人逝去的伤恸，说你对女儿儿子的期待或担忧……我但凡没有摸你屁股一把的冲动，便满脑子只想点一根烟，倒沙发上手握遥控器或阳台上探望哪一盆植物需要浇水了。

我真抱歉，总把浴后芳香洁净的你弄得稀脏淋漓，我抱歉多年来我像一头野兽那样地对你，只想按倒你、骑你、叼你后颈、吞下你、重复尽所有雄性动物的求偶动作。

……

于是老女人问：所以你是不行了，还是不要了？

老男人：这、有差别吗？

老女人：当然有，不行了，我可以接受。不想要了，我会很伤心。

老男人：老实说，我也不清楚。但让你伤心，是我不愿意的。（潜台词是：你们怎又想反了，不行了，不见得对别的女人没兴趣好奇，不想了，才是对所有女人的心如止水、六根清净。）

老女人：但你若对所有女人都不想（拜托你还收藏着那一落色情杂志和光盘是怎样啦），我能接受，若只是不想望我，我会很伤心很伤心。

老男人：所以你宁愿我不行了？（难怪社会版上那被劈腿的妻子会割丈夫命根子。）

老女人：你都没回答前一个问题。

老男人：我们年纪大了，不行、也不想了。

老女人：所以终归就是不爱了。

老男人：——好晚啦，别弄饭了，叫比萨吧，好像还有好礼三选一的券，选鸡腿，也许儿子会出来吃。（唉，女人终生就是分不清爱和性，分不清什么时候要合起来看、什么时候又该分开。）

他起身去煮这天的第二杯咖啡，这几年，他把一日的咖啡减成两杯，其他时间学他父亲代以中国盖碗茶，因考虑睡眠故。因此他十分期待和珍惜咖啡时光，等待那杯咖啡，如同等待一个女人。

所以这又是时间差开的一个老梗玩笑，老男人衷心告白抱歉的是你现在才想要的，而他现下视如珍宝献给你的、自由，你简直想当作那些顶级珠宝寄给你的 DM 丢进废纸回收箱呢。

老女人的、不是告白、是抱怨，因为不觉有犯什么错。

老女人抱怨：你们永远弄不清，我们终生要的是感情，不论以何种形式呈现，是令人害怕、羞答答、期待、享乐的性爱，或仅仅是一种注目、瞬息不离的注目，你因此在这茫茫旷野、人生长河中被标示被定位了，不再是那野地里踽踽独行至雷劈木下成化石的老女人祖先。

老女人祖先，花了好几万年时日，把自己的排卵期、经期，隐藏得好好的（不像其他灵长类动情发红好不雅也好害羞），男人们、雄性们因不察何时排卵，为求确认是自己的种，只好一次交配不够、两次、三次……终夜守你身边，眠梦中也握牢你脚踝，醒时交配，日日交配（果真如你年轻时以为、想象的婚姻人之夜晚），直至你腹部隆起。这期间尚不能松懈他去，务必再再确认没有其他雄性介入混种，并像你看过的公狮扑杀不是自己的仔狮。

如此他必须留守你身边，甘心帮你觅食打猎，把他的后代抚育至能独立行走离你胸怀。女祖先想办法隐藏发情排卵，以便诱使男人待久些，为你服务，无论再再交配的享乐或喂饱你保护你。

你们并不只要发情交配期的痴狂，你们更喜欢排卵期之外（或不再排卵了）的默默守候。

这与数万年之后的你们对男人的要求没啥差别，也许，你该甘心了，你不排卵好些年了，男人也在你身畔待了十倍于女祖先时代的平均四年，你比她们已占了十倍的便宜，究竟你要抱怨什么？

老男人：抱歉我曾把你像一只美丽的鹿一样牢牢抓住不舍得放走，如今，那曾在我体内牢牢抓苦我不放的神奇之兽已离去，我们，我们能否自由地（当然仍可以一起结伴）走入旷野，走入另一个彼岸世界。

（可不是说好了是初夏荷花吗？如何成了暮冬旷野来着？）

缘此，《神隐Ⅲ》也不可能存在了……

《不存在的篇章Ⅰ》

这一章里，你原打算连拐带骗加付钱，找一个与你年轻时神似的女孩，小羊羔一般丢在那正欲走进旷野觅一处终老的老公狮跟前，看他待如何。也或许，是老公狮连哄带命令加付费，觅得那消逝在大气中的少年，置你眼前。

最可能的是，你们带他们二人异地一游，看他们吃，看他们走，看他们买，看他们做。或许旅馆房间挂画的背后已有偷窥孔，你们成了变态老公公老婆婆老妖怪，急急推开占着偷窥孔不放的彼此、亟想看墙那一边在做什么。

墙那一边，不会有什么的，他们小妖似的身着新买的寸褛，肤贴玫瑰花蔓藤刺青贴纸，手腕颈项咣啷啷戴满白日血拼的战利品（混合着重金属和哥特风的骷髅头皇冠十字架），频频扯抢下对方耳机听她／他在听什么歌，电视开得震天响，因此不知他们有没有对话，他们一包一包吃着便利店买来的新奇零食，包装纸空盒扔一床一地，他们凝神注目荧幕，那是在台湾每晚都看得到的节目，不时仰天倒地四手脚舞动大笑……他们互不相视，什么都不做，不做那、此行、此生、你期待之事。

莫非，像那神话传说，他们比你们要早早抵达那天人欲界了？

都说欲界的男女天人，随时以身相亲，夜摩诸天的仅仅以手相拉，兜率陀天的仅仅以心相思，化乐诸天的仅仅以目相对，他化自在天的仅仅以语相应——仅仅如此即可完成交合。

如此，竟是老公狮说的彼岸世界吗？

《不存在的篇章Ⅱ》

窥视孔中，两名小妖终于四仰八叉地睡着，仍耳戴耳机、软垂着长长触须器官似的接线，室内灯火大亮，电视大开，想必冷气也开在最强，零食饮料吃完没吃完的散落身畔，中毒身亡状。

（此时应是小说家食指大动、派遣墙这边的两个变态老人登场做变态之事的时刻）……

二老不从，女的离开窥视孔沉吟着"这样会着凉，该给他们盖床毯子……"

男的，泪流满面，他们，多像那最终偷偷塞块肉干给他的那女孩，多像那唯一发现他走入旷野、变作蹲踞着一只鹰的那小孤儿啊……

《不存在的篇章 Ⅲ、Ⅳ、Ⅴ……》

你多希望小说家为你多写些篇章,抵抗着终得步上彼岸世界的那一刻。

《彼岸世界》

　　那就还是回到那桥上吧，嘉年华祭典次日的桥上，只有日常零落的行人来往的桥上。

　　你们面着河并肩站（他并未被推落桥下，你也未在偷情的旅馆被毁击至死）。远远的群山是紫色的，冬天时它往往山头覆雪，秋天，老远都能看到它金黄熟红的斑斓之姿……时光如那迎来的河风飒飒扑面而过，风从老远之处来的，鼓动你们衣衫，叫人错觉是羽翼，你努力不被那风迷乱，以便伺机振翅随风扬去。

"走吧。"他抓起你的手，你立即随步跟上。

你们拾级至河畔，河畔每隔几尺便有恋人情侣席地而坐。你们也拣了一处坐下，他撩起衣衫，要你重新贴好他腰际的镇痛贴布（跳过这段小说家必展身手的描写如日光之下苍白乏力的腰身和年轻时劲骠的腰腹、更好参照闪过一幅性爱的光影、暧昧的迷离回忆）。

你则脱了凉鞋，露出比平日走多了而磨损破皮的脚趾们，他包里掏出一盒刚才从便利店买的OK绷，凑近为你一一贴妥，那脚丫太阳下丑态暴露无遗，粗砺得与河边看人钓鱼的水鸟脚掌差不多，是一双，你忽然想到讣文里常用的那词汇，旅世，是一双旅世快六十年的脚丫子喽。

"可以了吗？"他立直身，反身要拉你起来，眼睛问着你。

你点点头，借他力，一跃而起，振翅飞去，耳边除了呼呼的风声，还有分不清是少年还是那老年男子的低声私语：当市场收歇，他们就在黄昏踏上归途，我坐在路边观看你驾驶你的小船，带着帆上的落日余晖横渡那黑水，我看见你沉默的身影，站在舵边，突然间我觉得你的眼神凝视着我，我留下我的歌曲，呼喊你带我过渡……

我留下我的歌曲，呼喊你带我过渡。

你，自由了？

附　录

第二次

骆以军

死尸多极了，托彼亚斯甚至觉得在世界上见过的活人都没有那么多。他们一动不动，脸朝天，分好几层漂浮在水里，每个人都带着因被人忘却而感到遗憾的神情。

"这些人都已经死了很长时间了，"赫尔贝特先生说道，"要过几百年后他们才能摆出这种姿势。"

再往下游就到了安葬刚死去不久的人的尸体的水域，赫尔贝特先生停住了。正当托彼亚斯从后面赶上来时，一个非常年轻的姑娘从他们眼前漂过。她侧着身体，睁着眼睛，身后有一长串花朵。

"这是我一生中看见过的最漂亮的女人。"

"她是老哈科博的妻子，"托彼亚斯说，"好像比本人年轻了五十岁。不过，就是她，不会错的。"

"她到过很多地方，"赫尔贝特先生说，"她把世界上所有大海里的花朵都采撷来了。"

——马奎斯《疯狂时期的大海》

我们会问："为什么要有第二次？"

在激烈清绝，饱涨着青春与衰老、回忆与欲望，近乎疯狂的逆悖时光之诘问，并让人讶然骇异"烧金阁"的第一次之后，"你和我一样，不喜欢这个结局？"重来，重起炉灶。布雷希特式地要死去的演员们起身，在老妇与少女的画皮间挑拣戏服，重新站位，灯光，敲导演板

（"Action！"），另一个完全不同的命运、语境、哲学论辩之位置，因之召唤起对同一组角色完全不同之情感……

重来一次。

那是波赫士的"另一次的死亡"？昆德拉的"永劫回归"——曾经只发生过一次的事，就跟没发生过一样？还是纳博可夫的《幽冥的火》：复写在一首同名之诗上的乖异扭曲的小说。诗人隐退。诗在感官之极限或回忆之召魂皆炼金术成神圣符号（"黄金封印之书"）。然而，扯裂那记忆双螺旋体而复刻、粘着上谵妄、破碎流光幻影，庞大身世线索，诠释学式翻译每行诗句背后漫漶紊维、"事实的真相是如何如何"的，不正是，"多话"的小说家，妄想症的不存在国度之流亡国君，疯子？那汹涌过剩的，"往事并不如烟"的《对照记》《说文解字》——不，或是像豆荚迸裂纷纷弹出，且无止境弹出的小说家话语（或曰"巴赫汀定义的小说话语"）：充满鬼脸、怨毒、耽溺、默想、悔恨……各种表情的"重说一次"？

在第一章里，老年对青春的欣羡眷恋，它不是一种川端"睡美人"（或"萝丽塔"）式的欲望客物化，一种仰赖对方失去主体性（在迷雾庄园般一间一间密室吞服了安眠药而昏睡的裸少女，或不知道自己有一天会变形离开这个短暂神宠形貌的幼兽美少女）而高度发展。违反自然律的，"把老年人的鸡爪探进年轻身体（或灵魂）的战栗哆嗦"，一种孤立的极限美感。

很怪，它是一种《霍尔的移动城堡》的，或《换取的孩子》的，被咒诅的至爱变成猪，变成冰雕婴孩，变成无心脏的俊美魔法师，那上天下地、漫漫荒原，彷徨无所依的救赎之途的启程。

在这样神话结构里，"我"通常是较平庸、无神奇法力的平凡人——他是到冥府寻回被冥王夺占为冥后的发妻的奥菲尔斯。在《初夏荷花时期的爱情》里，是个"所有囊状器官皆胀气""瘦的像蛙类，胖的像米其林轮胎人"，天人五衰，"困于老妇外形的少女"，同时又是南柯一梦惊觉所有如鲜花朝露的美丽事物，怎么转眼全衰毁石化的浦岛太郎：

啊，如此渺茫，如此悲伤，但又不可以，你不失理智地告诉自己并无人死去无人消逝，你思念的那人不就在眼前。

那个"被救者"——对照于"日记"作者那个以永恒为爱之赌誓的痴情少年，成为时光河流中变形、故障、异化、怠懒（对不起我又想到宫崎骏《神隐少女》的河神／腐烂神）的陌生丈夫。

这篇小说同时存在两种时光剧场：

1.CSI式的尸骸四散无从理清头绪的重案现场。"我"重建、比对采样，在每一件时光蜕物上做局部推理："这一部分是在哪一个环节变貌的。"小说中的"那个丈夫"，在这样的"追忆逝水年华"中，其实是个"死者"。——"这个人吃了当年那个少年"，恒不在场，或被关在"'我'与日记的独白密室"之外。

2."寻找被冥王劫去的妻子"之旅，招魂之祭，模仿最初时刻（或"抵达之谜"：年轻时在一张电影海报中看过，一对优雅的老夫妇衣帽整齐的并肩立在平直的、古典风格的桥上凝望着）的旅程。"日记"在此，成为如《古都》中，那个失魂落魄、伪扮成异乡人，对自己所在之城（但已是另一座城市）的一次陌生化重游的那张记忆地图。

那样的"寻回"（认定现有的存在是最初那个的赝品、是失落物）、"推理"（"尸体"与"遗书"在时光两端各自提出意义相反之线索），建立在不可能的时间鸿沟、不可逆的作为时间债务的身体朽老、激情不再……因而所有的反推比证的判定必然是负弃与变节。这样的叙事意志带来巨大的，卡夫卡《城堡》那个土地测量员K般的焦虑：荒谬的核心，任何想循迹找回"事情的真相"（最初）的路径必然被挫阻。那个"恒不在场"，极限激爽的最好的时光在"你的幸福时刻过去了，而欢乐不会在一生里出现两次"之形上永远失落之体认后，却仍如柏格曼《第七封印》的武士执拗坚决与死神对弈。在第三章的结尾，变成了一种美学上的爆炸——那就是三岛"火烧金阁"的意志：

举凡有生之物，都不像金阁那样有着严密的一次性。人只不过是承受自然的所有属性的一部分，并予以传播、繁殖而已。杀人如果是为了毁灭对象的一次性的话，则杀人是永远的误算。我这么想，这一来金阁与人类的存在便愈益显示出明显的对比：一方面人类由于容易毁坏的身体，反而浮现出永生的幻影；而金阁则由于它的不灭的美，反而漂起毁灭的可能性。

——三岛由纪夫《金阁寺》

偷情。让我们回到那个，小说家的咒语从半空响起："你和我一样，不喜欢这个发展和结局？那，让我们回到《日记》处……探险另一种可能吧。"如爱丽丝梦境正在消失，所有正在亲历的场景、舞台、欢乐古怪的同伴皆塌陷、模糊、消失、远杳……作为结界咒术镇物的巨大钟面之齿轮、机括、锤摆正四面八方回响以偷渡了流光的，波赫士

151

《不为人知的奇迹》之时差换日线。

（作为入戏的读者，我差点惊呼出声："不，不，我喜欢这个版本，请继续……不要关掉它……"然少女已遭荒野女神诅咒成老妇，至爱之人已变成无明无感性无记忆的猪，美丽神祇的脑袋已被砍去，老邦迪亚已迷失在梦中列车车厢般无数个一模一样的房间其中一间忘了回来的路；繁华游乐园变成塌落泥胎鬼气森森的丑陋废墟……）

小说家不理你，启动了魔术。原本受伤的、哀逝的，被时光负弃故事所困的脸，突然轻微转变成柔美、神秘的微笑。

是的，第二趟旅程启动了。《顺风车游戏》。

认真回想，早在很久很久以前，朱天心就是个启动一场"流浪者之歌""哀伤马戏团游行""面具狂欢节"，主人翁换装、伪扮成另外角色以进行一场离异于"任何旅途小说囿见"之外的旅途之高手了。《古都》已成为后仿者翻转城市多重记忆、地质考古学般将被高楼遮断天际线的丰饶汹涌"小历史"杂语，如潘多拉盒子打开放出的黄金典律；

《匈牙利之水》的伪香水朝圣之旅，《威尼斯之死》的伪钻石拱廊街的拾荒者，业余侦探之小型暴动；乃至，《我的朋友阿里萨》《鹤妻》《去年在马伦巴》……无一不是（如果冒犯地、简化地说）一趟又一趟，从上下四方，里面外面，以咒术召唤不存在之走廊，以穿越这个铺天盖地、《银翼杀手》般晚期资本主义大峡谷场景的变装旅程。即令在创作光谱中最晦涩浓缩，因悼亡父而书之《漫游者》，也被黄锦树比为宋玉之《招魂》："旅行。漂流。在地球上跺满脚印的朱天心，旅行漫游的那种快适在这里却沉重如同沿途撒着冥纸，于是我们将听到压抑的哭泣声……"上穷碧落下黄泉的旅途。

在《偷情》这一章里，则是伪扮成对方多年来并不在场（不在时间内）的初恋情人的偷情之旅。

《顺风车游戏》此一短篇，在昆德拉那些动辄祭起希腊词源与哲学论辩公案，像魔术方块旋转、拆卸、重组，各章节以音乐赋格形式对位、重奏、变奏"同一主题"（"乡愁""不朽""生活在他方""媚俗""笑与忘""缓慢"），博学、雄辩、性爱展廊与犬儒知识分子"误解辞典"之狂欢的长篇巨石阵里，或只是一个"昆氏小说技艺"最原初、基本几何构图的微型宇宙模型（勉强类比卡尔维诺的《宇宙连环图》、张爱玲的《留情》、李永平的《拉子妇》）。

一对各有所思的年轻情侣，在一趟原本平庸无想象力的既定旅途中，一时兴起玩起"假扮陌生人"游戏：纯情的女孩变身公路边拦陌生人顺风车的浪荡女；老实的男孩则打蛇随棍上演起这种顺风车艳遇的玩家，这样看似陈腐的《仲夏夜之梦》角色换串大风吹，在这类第一流小说家的小篇幅操作里，反而可以一窥其严谨强大的基本技艺，原本恶戏的小男女突然意识到他们不知从何时起，被那个小小调皮的角色扮演游戏，那个罩至他们脸孔的面具所吞噬、制约。他们无从脱身，愈演愈烈，混淆了伪扮情境之契约边界，猜疑、嫉妒，且愈在对方面前入戏扮演那个本来不是（但后来自己也诧异：原来我有这一面？）的淫荡放纵的"另一个我"。

小说的结局是在这一切不断加码，无法踩刹车的最恐怖暴乱，同时最狂情淫荡的高点，女孩在一间污秽破烂的小旅馆，啜泣着对男孩重复："这是我啊……这是我啊……"

这个"顺风车游戏"的旅程之展开，正是朱天心在这一组"初夏荷花之恋"小说的芝诺"飞矢辩""阿奇里斯追龟论"，或曰波赫士《不为人知的奇迹》的魔术所在。

飞矢辩：

（一）一支飞行中的箭矢，这飞行之空间可以区分为
　　　无数个瞬间的位置。

（二）飞矢飞行的过程，即是这一系列连续瞬间位置
　　　的总和。

（三）在每一瞬间位置上的箭矢是静止不动的。

所以飞矢是不动的。

旅程本身不再是"寻找金羊毛"的梦想、追寻、冒险与启蒙。而是堂·吉诃德式的，对成为怀旧照片、金阁寺，或班雅明那些熠熠发光，冻结在永恒静美的时光蜡像

廊（或电影海报）的"最珍贵的处所"，再一次踏查，一种冒渎、歪斜版、滑稽、愚人嘉年华式的重游。

正是在这个不断可以按"暂停键""倒带重播键"，把剧场上一脸茫然的那对男女演员（扮演老妻的堂·吉诃德和扮演老夫的桑丘？）不断叫回后台，重新化妆，换戏服，像疯狂的导演交代一套又一套迥异的剧本。（《东京物语》？《去年在马伦巴》？三岛的《孔雀》？《威尼斯之死》？《爱情的尽头》？）

当我们脑海中还核爆之瞬被强光停格在，第一章那个"变成冰雕婴孩""是不是哪个妖怪吞食了未来那个写'日记'之深情少年"的，那个在初老妻子眼中汩汩突突不断冒出污油臭味的故障机器人丈夫被推落桥下，"啊！"一趟远比昆德拉《顺风车游戏》复杂、妖娆、恐怖许多的面具换装之旅启动了。原本，原本我们自以为熟悉的那个"少女神"——为了不能忍受孔雀在时光流河中必然衰败变丑而将动物园孔雀悉数杀光，为了金阁绝不能落入平庸污浊的无想象力视觉而烧了金阁，为了"宝变为石"而号啕痛哭的那个挥动翅膀背对时代暴风，眼前散布尸骸与瓦砾的克利大天使——不见了（或诡笑地戴上狂欢节面具了："偷情"。如同M.安迪在《说不完的故事》中，替那个被虚无吞食国度危难所困的孩童女王所提出的唯一救赎之道：作为拯救者的培斯提安纵身踏入以抢救之的赎偿代价："每创造一无中生有之物，便以失去你在现实世界一件记忆，为交换。"小说家在此拉开的一段"偷情之旅"，形上而言，正是"爱、易感、泪水、体液，所有第一义，最鲜烈年轻、动物性的创造力"之秘密赎回。把变成冰雕婴孩的本来的弟弟换回来。试想如果一个在除魅已尽，无有神所以也无有魔鬼可协商交换年代的浮士德：一个遇不到汤婆婆与白龙、无魔法幻术可施，但是确实失忆想不起自己名字的神隐少女（艾可的《罗安娜女王的神秘火焰》？）——这是《偷情》这个"抢救大冒险旅程"最黑暗、恐怖、让人读之大恸的"存在之隐蔽"。

　　——啊，吃不动了，走不动了，做不动了。

——时候到了，原来儿女也并不重要。

不然何来抛家弃子之谓？

"你愿意为我抛家弃子吗？"比"你愿意嫁（娶）我吗？"更具吸引力和神圣性，可以同样站在圣坛前庄严回答的。

除了满满、沉甸甸的，一无是处的回忆；除了那在时光原点懵懂慢速以己身（变成这样让自己厌憎沮丧的天人五衰模样）浇灌长出的一切（并不是自己当初所想的）：子女、家庭，再没有新的可能性，可以直望到生命尽头的，所有中年初老之人眼中所见那疲惫重复的生之哀——无任何可堆上牌桌梭哈那一把以何为交换？以何为抵押品（甚至祭品）去"偷"回那本来已不再被应允属于你的，神光闪闪的至福时刻？

那个国王让人杀了贝克特大主教——他看到敌人把他的出生城市烧毁，于是发誓说因为上帝对他做出这种事，"因为你抢走我最爱的城镇这个我出生而且长大的地方，所以我也要抢走你最爱我的那部分。"

——格雷安·葛林《爱情的尽头》

那交易已经开始生效……这发生在很久以前。在北温哥华，他们住在柱梁式房子里。那时她才二十四岁，对讨价还价还是新手。

——艾莉丝·孟若《柱和梁》

第三章，乍看是"误解的词"之形式，其实是"神隐"——在前章所有作为旧昔时光蜕物（"你"挡不住的，正在石化的一切），堆上牌桌以梭哈那一趟神光重现之旅的，小说时间之外的逐条注解，或这么说，借班雅明在《普鲁斯特的意象》所提：

普鲁斯特的校对习惯简直令排字工人绝望：送回去的长条校样上总是写满了旁注，却没有一个误印之处被纠正过来，所有可能的地方都被新的文本占据。回忆的法则在作品的边缘同样发挥着作用……记忆中产生了编织的规则。

　　普鲁斯特如此狂热地寻觅的究竟是什么？这些不懈的努力到底为什么？我们能说所有的生活、工作和行为等等，仅仅是一个人生活中最平庸乏味、最容易消逝、最多愁善感、最软弱无力时刻的混乱呈现吗？……我们可以称之为日常时刻……如果我们就此屈服、沉入酣眠，就不会知道什么在等待着我们。普鲁斯特没有屈服、没有没入酣眠。

　　……依靠对这种法则的屈从，他征服了内心绝望的伤痛（他曾经将之称作"……此时此刻本质上无法补救的不完美"），而且在记忆的蜂巢为他思想的蜂群建叠起蜂房。

什么样的法则？
普鲁斯特的法则是"夜晚和蜜蜂的法则"，那朱天心呢？

我们或可这样说：

朱天心是一个头顶着美杜莎蛇发（我想象着每一尾扭动的蛇是她埋伏、骚乱——大至一座城市、一段编年，小至一间咖啡屋、琐碎物件、飘浮如风中微尘感官——指针各自不同的时钟）的记忆之神。她的眼瞳凝视之物，立即石化成"昔时"。成为庞贝古城永远停止在毁灭之瞬的浮世绘蜡像馆。"一望"。但我们同时为她深情款款的眼神所骗。一望即成死灰（譬如徐四金《香水》中写到大把玫瑰一扔进滚烫热油之瞬，立即枯萎惨白……）。

包括她的时间重瞳（《古都》）。"老灵魂"。奇怪我总在那些"怨毒""焦虑""卡珊德拉之预言""抒情传统"的叙事看到一些完全相反的东西。或许这个复杂的小说家在睁睁瞪视眼前发生的一切／将要被咒禁进她小说中的，也正是挣搏于那些"完全相反的本质"。

所以，在第一章以"日记"和《东京物语》海报那两个站在桥上的暮年夫妇"为时光起点与终点而祭起的"烧金阁"行动（祭品是那位不幸当年写了"日记"却并没有经历浦岛太郎时光机奇遇的老丈夫）；第二章展开了（其实是重来、复写了）"顺风车游戏"的偷情旅途（交换那极限光焰，或光焰黯灭前一证之眼"可以了吗？""可以了。"的神之秤的另一端是抛家弃子剜肉刮骨断肠截肢的所有，"不要了"）；连朱伟诚这样的专业读者（或我这样的小说后辈）初读时都会忍不住入戏呻吟提问：

> ……你拿过往年轻时候的认真来检证年老的现实，这种检证可能有些读者会觉得荒谬，我的意思是说用年轻来检证现在，不管什么样的人其结果都必然是不堪的。
>
> ——《印刻文学生活志》六十一期，《朱天心答朱伟诚问》

这或正是朱天心的"法则"：不断插入的旁注，旁注的页沿再被插入延伸了更汹涌语义与无数张"我记得"的禽鸟俯冲快速变换调焦的层叠回忆照片。一开始我们以为那轻灵（而且显得不够多以组成"伪辞典"）的小章节是数独式的填字游戏（误解的词）；或如唐诺在朱天文《巫言》的长跋中提到的，吴清源所说"当棋子不在正确的位置时，每一颗看起来都闪闪发光"的星空。……但我们很快就大汗淋漓地发现，每一刹那被朱天心填进空格（或挟起抽换掉）的数字，每一枚被她放进那次叙事那个位置的棋子，都像将要引爆一场连续液态炸药的第一粒灼烫的硫黄，或是核分裂核融合千万次方扩散（无法收回的地狱场景）第一个塌瘪崩溃的原子。

这时，《神隐》展开了，插入"第二次"的另一个"第二次"（以及等比级数或如连续引爆的"误解的词"）的"旁注"沙沙编织起来。波赫士所谓"两种（或两种以上）庞大隐秘、包罗万象的历史"。

黄锦树当年在《从大观园到咖啡馆——阅读／书写朱天心》一文中，以小章节分项定义且论述的"都市人类学"——包括"资讯垃圾"（一方面显示朱天心"一篇写尽一种题材"的惊人企图；另一方面却又透露出她作为都市社会中资讯／垃圾处理机的深沉忧郁）；"蛮荒的记忆"（黄文引《去年在马伦巴》）中慢慢退化为爬虫类的拾荒老人，及《鹤妻》中在"台湾男袜业发展史""近五年家电史"、毛巾史、洗衣粉史……物化的世界里为了抗拒男性对她的遗忘（在死前、死后）以商品填满所有隐蔽的角隅，"彻底异化为一个更加静默他者"的鹤妻解释，朱天心"以取消时间纵深度的方式来诠注都市文明中断裂的现前，把在时间共时化中消失的历史还原为神话，人类的历史从"蛮荒—文明"转变为"蛮荒—蛮荒"；"历史""巫者：新民族志"（"作为巫者，他们进入神话的时间，进入由无数的'死亡'堆砌成的'过去'。在叙述着神经质的旁白、解释性的叙述中，作者援引心理学、哲学、人类学的论述，举证历历……透过类比……"）如今重读，仍奇异地具有如此新鲜、强大的诠释效力。

"神隐"，即是穿过宛如昨日重现的垃圾坟场、老灵魂多年前彳亍作人类学观察的原始部落旷野、神话的时间（这时我们领悟朱天心式的，波赫士之一个以上的"包罗万象的历史"之构建）……如那只变貌成腐烂神的河龙，偿还时间／物质／人类学式庞大城市记忆债务地，哗哗吐出这一切"变老"噩梦的造梦材料。

　　作为读者，我们原本从《古都》那些一趟趟"埃米莉的异想世界"式的城市蛮荒里乖谲、暴走、颠覆性的"出走／离场／伪物质史"召唤而起的"抒情—愤怨—滑稽"复杂情感，在《漫游者》那黄金印记，如同《百年孤寂》老邦迪亚率族人在一片"长征者的皮靴陷入热腾腾的油滩"，"像梦游般走过悲哀的宇宙"的"寻父之途"梦中沼泽的乱迷、哀恸与神秘性之后，似乎印象的判准朝向朱天心小说的抒情与"愤怨著书"（王德威先生语）倾斜。我似乎也惯性地在阅读朱天心小说的预期舌蕾上，忽视了那些其实荒谬滑稽，难以言喻的鬼脸，一直到《初夏荷花时期的爱情》，不，应该说是跟随着第一章之后的第二章，我们被那强大抒情力量带引，愈陷愈深的浓愁耿耿，凭吊伤逝之情裹胁，却在某些段落出乎意外地噗哧笑出声。（啊？怎么搞的？）

　　我不很能厘清这种混杂了抒情、愤怒同时古怪滑稽的情感是怎么进行的，或如巴赫汀曾在《讽刺》这篇短文所作之界定：

> 以其真正的形式而论，讽刺是纯粹的抒情——愤
> 慨之情。

> 讽刺并非作为一种体裁，而是作为创作者对其所
> 写现实的一种独特态度。

> ……所有这些笑闹的节日，无论是希腊的，还是
> 罗马的，都与时间——季节的交替与农耕的周期有着
> 重要的联系。笑谑仿佛是记录这交替的事实，记录旧
> 物死亡与新物诞生的事实。所以，节庆之笑一方面是
> 嘲讽、戏骂、羞辱（将逝的死亡、冬天、旧岁），另
> 一方面同时又是欣喜、欢呼、迎接（复苏、春天、新
> 绿、新岁）。这不是单纯的嘲笑，对旧的否定与对新、
> 对美的肯定紧密交融，这种体现于笑的形象中的否
> 定，因而具有自发的辩证性质。

《初夏荷花时期的爱情》这整部小说当然是环绕着"时

间"这一主题进行复奏式的辩证，形式上它在章节间违反现实（或阅读惯性）之逆转、倒带、不同钟面的景框跳跃、停格（微物之神出现）……形成一种小说时间默契的挤迫与松脱，高度期待而骤转虚无，一种（看不见的钟表）机械意象侵入的错置感。在对时间的辩证本身，它所形成的"纯粹的抒情——愤慨"又远比古老农耕节的时间想象要严酷残虐许多：因为衰老（或将逝的死亡）并不是欢欣迎接新生的递嬗旋转门，它是一幅巨大的文明场景将被遗忘（石化、废墟化、天人五衰）不为人知的秘密抢救行动。小说家让人瞠目结舌的追忆幻术相反地是在"对旧的（等价时光之无限延展）怀念，对新、对美的质疑"，在极窄如"站满天使之针尖"的时间切点之上打开。而各章节间的辩证互相颠倒、逆反……

（这正是"第二次"的力量所在。）

大江健三郎在《小说的方法》第七章《仿讽及展开》中，提到俄国形式主义者关于"延续小说事件"，讨论"怎样通过叙述事件的方法让事件的整体像物那样深深地印在读者的意识中？""被'陌生化'的事件又如何成为我们'明视'的对象？""怎样开拓出与符合日常生活逻辑的发展不同的途径？"。

史科拉夫斯基指出：

主题这一概念经常与事件的记述以及称为内容的叙述相混淆，但是，内容只不过是构成主题的素材。

……艺术的形式不是靠日常生活的动机形成的，而是通过艺术本身内在的法则来说明。延长小说的做法不是靠纳入对立者，而是靠置换几个部分而得以实现的。作家通过这个方法为我们提供了构成作品方法背后的美学法则。

换言之，即《项狄传》作者史丹在扉页引伊比德提斯的话："推动人类的不是行为，而是关于行为的意见。"

大江在这个章节中，举了《堂·吉诃德》中，几个"小丑看穿了欺骗作弄他的所有诡计，立刻在内心世界颠倒了两者的关系"，滑稽性模仿的例子（包括主仆两人被作弄骑上木马且糊弄那是可以在天空飞翔的滑稽机关；包括桑丘作为狂欢节小丑当上"岛上的总督"；包括挺身保护引起众怒的牧羊女……），如何"通过显露对既有手法的仿讽来创造他们自己的小说结构"。最感人的一段是写到，意识到自己不久人世的堂·吉诃德把朋友们召集到病床边，对他们说：

我确实曾经疯过，但是，我想做一个正常人死去。

他的仆人，一直扮演给堂·吉诃德这种疯癫的冒险泼冷水的桑丘，这时却着急地劝他：

啊呀，我的主人，您别死呀！……您别懒，快起床，照咱们商量好的那样，扮成牧羊人到田里去吧。……假如您因为打了败仗气恼，您可以怪在我身上，说我没有给驽马系好肚带：害您摔下马来。况且骑士打胜打败，您书上是常见的，今天败，明天又会胜。

大江写道："在此之前，正像堂·吉诃德自己所承认的那样，他一直是疯癫的冒险。可是，对守护在病床前看到堂·吉诃德垂危的桑丘·潘萨来说，已经不用担心自己再次被拖入冒险的行列，他获得了新的感受。真正给自己封闭的农民生活带来活力，使自己的生命焕发生机的正是与堂·吉诃德所进行的冒险。桑丘·潘萨认识到日常生活的自己与其他农民一样精神正常、碌碌无为，通过充满活力的自我解放，他看到了另一个世界。这是一个想象力活跃的世界。"

或如波赫士在《另一次死亡》里那个死了两次的达米安，提出了两个时间版本：一个是一九四六年在恩特雷里奥斯去世的懦夫；另一个是一九四〇年在马索列尔牺牲的勇士。

达米安战斗阵亡，他死时祈求上帝让他回到恩特雷里奥斯。上帝赐恩之前犹豫了一下，祈求恩典的人已经死去……上帝不能改变过去的事，但能改变过去的形象，便把死亡的形象改成昏厥，恩特雷里奥斯人的影子回到了故土。他虽然回去了，但我们不能忘记他只是个影子。他孤零零地生活，没有老婆，没有朋友；他爱一切，具有一切，但仿佛定在玻璃的另一边隔得远远的，后来他"死了"，他那淡淡的形象也就消失，仿佛水消失在水中。

一九四六年的版本则是：

达米安在马索列尔战场上表现怯懦，后半辈子决心洗清这一奇耻大辱。他回到恩特雷里奥斯……一直在准备奇迹的出现。……四十年来，他暗暗等待，命运终于在他的临终的时刻给他带来了战役。战役在谵妄中出现，但古希腊人早就说过，我们都是梦幻的影子。他垂死时战役重现，他表现英勇，率先做最后的冲锋，一颗子弹打中他前胸。于是，在一九四六年，由于长年的激情，佩德罗·达米安死于发生在一九四年冬春之交的败北的马索列尔战役。

波赫士说："《神学大全》里否认上帝能使过去的事没有发生，但只字不提错综复杂的因果关系，那种关系极其庞大隐秘，而且牵一发而动全身，不可能取消一件遥远的微不足道的小事而不取消目前。改变过去并不是改变一个事实；而是取消它有无穷倾向的后果。换一句话说，是创造两种包罗万象的历史。"

"第二次"的力量：不论是大江所说的"想象力活跃的另一个世界"（堂·吉诃德主仆针对"现实"或庞大骑士传奇牧羊人小说所发动的）；波赫士所说的，牵一发而动全身，"创造两种完全不同，却各自包罗万象的历史"；或纳博可夫在《幽冥的火》中炫技展开的"小说之于诗的肿瘤式话语增生繁殖"，一个妄想症者脑中汹涌冒出的"不存在王国历史"。朱天心在《初夏荷花时期的爱情》启动的小说时间，绝不仅仅是我们那个年代所谓"开放式结局"如芥川的《竹薮中》或符傲思《法国中尉的女人》，"几个不同版本之情节"。那更接近于昆德拉谈论卡夫卡时所提出的"赋格"——

172

拉丁词原意是"飞翔"或"追逐",同一主题在其他声部模仿、变奏、形成各声部相互问答追逐——"我把我的歧路花园留给许多未来,而不是一个未来",是的,但朱天心在这每一座拆掉重搭的歧路花园里,天啊她打开了"小说不只是故事,而是关于人类行为之意见的全部话语"的潘多拉盒子:想象力、历史、记忆、虚构的权柄、哲学的雄辩……"第二次"并不是与第一义篇幅相当而情节不同的"另一个故事",而是"小说的全部"——作为晚近愈见泛滥的所有将小说变成冰雕婴孩仿冒货(卢卡奇说的"小说有一个孪生兄弟:通俗小说"?)的陈腔:"现在的小说家愈来愈不会说故事了。"或者,某些只在第一义便完成小说阅读之生产与消费的懒惰读者轻率下标:"认同焦虑""城市书写""身体/性别"……的那些小说;甚至她如哪吒刚烈寡恩在抛甩着那些(包括她自己写过的小说)曾经存在的小说时光队伍……所有"关于小说的误解的词"。

这个小说家以这趟书写(这本书。这几个作为赋格的短篇)搏击"衰老/时光"这个主题,她明白地告诉我们:小说不只是对生命的"铸风成形""编沙为绳"（波赫士语）、"以影惑体"——它近乎其姊朱天文的短篇《肉身菩萨》结尾引尸毗王割肉贸鸽的故事教训——"这样够了吗？"一次、两次……像裱画老匠人一层一层糊上对这个主题（时光）不可能之捏塑、逆袭、扭转——一则遗失的爱情故事——克利悼亡的大天使变成温德斯《欲望之翼》那个自鸿蒙初开以来即瞪视脚下人间，终于选择折翼坠落的天使，为了究问、议论（不是行为而是对行为的意见）追逐与飞翔……一次又一次造成时间之锉磨、拗扭、伤痕印象的下坠，直到天秤两端（无边的真实与波赫士所说的那个"阿莱夫"）等重。

种种，你有意无意努力经营着你的梦中市镇，无非抱持着一种推测：

有一天，当它愈来愈清晰，清晰过你现存的世界，那或将是你必须——换个心态或该说——是你可以离开并前往的时刻了。

——《梦一途》

在《不存在的篇章》这一系列短段落，在老男人对着这篇小说的发言者（老女人）说了那段"不结伴旅行者"（借朱天文《巫言》）最哀伤、澄清，且孤独的最后旅程之"结伴邀请"：

抱歉我曾把你像一只美丽的鹿一样牢牢抓住不舍得放走，如今，那曾在我体内牢牢抓着我不放的神奇之兽已离去，我们，我们能否自由地（当然仍可以一起结伴）走入旷野，走入另一个彼岸世界。

由此，到最末一章《彼岸世界》，那卡尔维诺所说之"轻"的，让人诧异、静默、被那无限自由辽阔但哀绝的弃掷而去所震慑，在这之间，小说家设定了一个非常奇诡的"箱里的造景"，一个窥视孔。同样是那重来一趟的"赫拉克利特河床"之旅程，但这次"顺风车游戏"雄兔脚扑朔雌兔眼迷离在"今之昔"的角色换串游戏中，第一次在时光彼岸找到共时点，成为共谋的两人，"你们成了变态老公公老婆婆老妖怪"，分别挟裹一个各自青春幻影之少年少女替身，"你们带他们二人异地一游，看他们吃，看他们走，看他们买，看他们做"。

这个视觉魔术如蜡烛黯灭前最后的火焰，惊鸿一瞥，简笔匆匆带过（小说家甚至将其标定如"垃圾回收桶"那般，仅为备忘的"不存在"）。然而，这一个"其实存在的窥视孔"，以我这样一个小说后辈读来，如林俊颖在《巫师与美洲豹的角力》一文所引波赫士之"阿莱夫"："据说它的形状是一个指天指地的人，说明下面的世界是一面镜子，是上面世界的地图；在集合理论中，它是超穷数字的象征，在超穷数字中，总和并不大于它的组成部分。"

墙那一边，不会有什么的，他们小妖似的身着新买的寸褛，肤贴玫瑰花蔓藤刺青贴纸，手腕颈项咣啷啷载满白日血拼的战利品（混合着重金属和哥特风的骷髅头皇冠十字架）……他们互不相视，什么都不做，不做那、此行、此生、你期待之事……都说欲界的男女天人，随时以身相亲，夜摩诸天的仅仅以手相拉，兜卒陀天的仅仅以心相思，化乐诸天的仅仅以目相对，他化自在天的仅仅以语相应——仅仅如此即可完成交合。如此，竟是老公狮说的彼岸世界吗？

那个窥视孔构建的观看剧场，如小说之林，机关重重，繁复汹涌既是时光的悖论，今昔的对峙（《波赫士与我》？或者《古都》里的"我"与Ａ？），又是暮年之眼凝视青春丰饶色境的感官爆炸（不论是川端《睡美人》对少女胴体那近乎恋尸癖的微物之神；或纳博可夫《萝丽塔》的昆虫学家式审美狂执）。

对我这小说后辈而言，直如插剑石上论艺，搔耳挠腮，揣度其意，余绪无穷。

　　（此时应是小说家食指大动、派遣墙这边的两个变态老人登场做变态之事的时刻……）

（你多希望小说家为你多写些篇章，抵抗着终得
步上彼岸世界的那一刻。）

也许是小说家的钟面，移格到我们重兵屯集，列阵决
战的旷野边界另一端，幽微神秘的刻度所在？

……留有夜灯的病房，我可以确实清楚看到躺着
的父亲睁着大眼四处打量，异于白日的因药物和贫血
而昏睡。父亲确实清楚看到很多我无法看到的什么，
他鹰似的爱观察的炯炯双眼，焦距左右远近不定的时
时变换着，几乎我可以听到上好的单眼相机不断喀嚓
的按快门声……真想问他看到了什么。

——《〈华太平家传〉的作者与我》

天人五衰，魂飞魄散，神明形体终于塌毁崩陷前那一
刻，小说家记下的是一场将启程的"老年的未竟之渡"，出

发前的刻舟求剑式的怀念、荒诞，甚至堂·吉诃德主仆摇头晃脑、两眼认真但同时神秘诡笑的，只属于小说的"一个不为人知的奇迹"。当青春的幻术以不同故事祭起又次第萎白凋谢，形式的"第二次"泄露了杜子春式的时间原点，"换取"的过程我们不知不觉因小说的物质性力量，领会到从极限光焰那端一点一滴交换到衰老这端的"老年"，其实千滋百味，印满初老小说家好奇把看，难以言喻的情感，作为替身的青春"另一个我"反而愈见透明。这个古怪的两个老人窥视两只年轻幼兽的房间（时光的渡口或驿站？），让我背颈起鸡皮疙瘩地想到符傲思以莎翁《暴风雨》中普洛斯帕罗为主人翁原型的长篇《魔法师》；或大江在《再见，我的书！》那个老头古义人在他的"另一个"分身将他诱卷进一场"以老人之姿重来一次的三岛切腹式恐怖行动"的暴乱、滑稽，但同时悲愤的"堂·吉诃德矛枪的奋力一掷"，脑海中却宛若音乐鸣响着艾略特诗句：

> 我已不愿再听老人的智慧，

而宁愿听到老人的愚行，

老人不安和狂乱的恐惧

老人厌恶被缠住的那种恐惧

老人惧怕属于另一人，惧怕属于其他人

惧怕属于上帝的那种恐惧。

这是这间怪异的小小房间带给我的强大冲击："原来如此！"而远不止于此。在看到小说家以画素数千倍于我们之屏幕，以快速切换焦距的多景窗视觉，以《强记者傅涅斯》那样将所有约定俗成之抽象符号与计数单位全抽换成完全独立的第一手感性所造成之"细节的细节的晕眩"，一种整座城所有钟楼的钟面全调成不同时刻的疯狂共鸣……进占那个难以言喻的房间之前，太容易被那些"没有误解的词"、类型化角色、想当然耳的抒情传统给套用、臆想的"暮年之哀"。"老男人／老女人"——误解的词——你不断在阅读中被调校着自己不够宽广的变速箱，被小说家左突右奔，不同路况的跳换中闻到自己过于僵直灵魂轮胎的烧焦味。老人的智慧，澄澈死寂的无欲与怀念。……不，这个"初老的秘密"有时杀气腾腾，有时泪眼汪汪易感自弃，有时决绝寡恩到让人胃部发冷，但有时读着读着会被那古怪滑稽的段落惹得（在咖啡屋引人侧目地）哈哈大笑……

如同也是双鱼座小说家的马奎斯，在《爱在瘟疫蔓延时》，写到睽违半世纪的这一对老恋人那应该是整个小说高潮的会面时，竟然写的是阿里萨"腹部立刻充满了疼痛难忍的气泡"，在羞耻和痛苦下匆匆告别，之后在自己车上拉起肚子。或是写到他俩在最后运河上来回航行那轮船的第一夜，费尔米纳说了那句俗烂又非如此不可的台词后（"不行了，我已是老太婆了！"）接下来却是：

她听见他在黑暗中走出去，听见他走在楼梯上的脚步声，听见他渐渐消失的声音。费尔米纳又点了一枝烟。一面吸着，一面看到了乌尔比诺医生。他穿着整洁的麻布衣服，带着职业的庄严和明显的同情，以及彬彬有礼的爱，从另一条过去的船上挥舞着帽子向她做再见的手势。"我们男人都是些可悲的偏见的奴隶。"……费尔米纳坐在那儿一动不动，直到天亮。她一直在想着阿里萨，不是福音公园中那个神情忧郁的哨兵阿里萨，那个阿里萨已激不起她的一丝怀念之情了，而是此时的阿里萨，他衰老了，然而是真实的阿里萨，她一直伸手可及，但却没有及时识别出来。

很怪的是，我读朱天心《初夏荷花时期的爱情》，一路下来，从第一章、第二章，小说之妖兽不断从记忆封印之铜柜放出，到了黄锦树曾云"伪神话""伪人类学"的"误解的词"，衰老成为捡拾碎瓦残骸（又回到克利的大天使？《去年在马伦巴》的拾荒老人？）在场的存在：那个"不再留恋现世的东西，不再了解和喜欢现世的人，其实都在预做准备，预做前往彼岸世界准备"的渡口，我却被一种完全相反的、眷恋不忍、对眼前每一件细物的衰坏或石化惊怒且哀恸，昆德拉所言"对人类存在处境描述之热情"给震动。

不仅止描述（当然也远不止"热情"，那近乎疯狂地召唤小说全部之术，国王的随从与他心爱的猎犬，上穷碧落下黄泉，以追讨之）。于是在我看了《不存在的篇章Ⅱ》这一段文字，竟无法控制不顾自己是一专业读者地哽咽起来：

窥视孔中，两名小妖终于四仰八叉地睡着，仍耳载耳机、软垂着长长触须器官似的接线，室内灯火大亮，电视大开，想必冷气也开在最强，零食饮料吃完没吃完的散落身畔，中毒身亡状。

（此时应是小说家食指大动、派遣墙这边的两个变态老人登场做变态之事的时刻）……

二老不从，女的离开窥视孔沉吟着"这样会着凉，该给他们盖床毯子……"

男的，泪流满面，他们，多像那最终偷偷塞块肉干给他的那女孩，多像那唯一发现他走入旷野、变作蹲踞着一只鹰的那小孤儿啊……

大江在那个章节稍后又引了两小段艾略特《东科克》的诗句，我将之倒置，恰可作为对朱天心这本小说像时光坛城，将时光如神兽庖解一如达文西那些解剖图的神秘阅读经验之注脚：

> 我对自己的灵魂说，静静地，不怀希望地等待，
>
> 因为希望经常是对于错误事物的希望；
>
> 不怀爱情地等待，
>
> 因为爱情经常是对于错误事物的爱情。

> 啊黑暗黑暗黑暗。人们全都去往黑暗之中，
>
> 那个空空如也的星辰的空间，空旷前往空旷。

一种不可忽视的、凶猛的诚实

张大春　朱天心

按：　2010年1月14日，《初夏荷花时期的爱情》繁体版

（印刻）出版不久，NEWS98"张大春泡新闻"之"聆

听作家"单元邀请朱天心与主持人张大春对谈新书。

张大春（以下简称大春）：作家朱天心的上一本书还是十年

以前出版的，最近出了最新的长篇小说，《初夏荷花

时期的爱情》。小说，第一人称的故事，这个第一人称让我第一个想到的类型是日本的私小说。私小说也常常会暴露许多作者设计来让读者误以为是他本人的故事的这些个情境。当然这是一个非常复杂的文类，天心在写这部小说的时候也许没有主观的意识想要强调它跟日本的私小说的传统有什么关系。不过，作为朋友来读，总觉得天心实在太希望我们往她自己的生活上去堆叠这些个阅读上的想象——这是另外一套写作的技巧，或者是一种写作的概念所形成的吗？

朱天心（以下简称天心）：其实应该是说，十年没写嘛，其实中间都一直在那个状况里，都一直在想写一个相对于爱情的大的东西、大小说，要相对于私小说的话。一直不那么顺利，正好是身体也在一个很不好的状况，其实精神上很难集中，所以……

大春：原因是什么？

天心：气喘。

大春：哦，五年以前开始的。

天心：对，用药物控制都会有一个副作用，所以精神真的
　　　是……脑子钝钝的。所以，我甚至会怀疑我的那个
　　　大小说，这一辈子写不写得完、写不写得了。所以，
　　　想给自己好像放一个假，回来写一个小小的东西，
　　　把那个手感给捡回来。

大春：我一直记得你原先有《南都一望》的计划，我想要知
　　　道《南都一望》怎么了？以及那个故事和《初夏荷花
　　　时期的爱情》之间的离离合合，或者主从的关系。

天心：《南都一望》大概差不多三年前写的，等于是我自己
　　　尝试着要写那个长篇的序场，我只能很带种地承认
　　　说，尝试失败。对。

大春：为什么？

天心：为什么失败？其实我是想从三十年以后回头来看台
　　　湾。我觉得，其实还是偷懒必须付出偷懒的代价。
　　　当时候，我的角度写的是一个十几岁的小孩，就是
　　　对应这个时代，那为什么要把时间拉长到三十年，

是因为我可以避开、不用写青少年次文化的地方。因为要是你贴近现状写的时候，你的天职告诉你，你得进入到十几岁小孩的世界，去写他们喜欢的、他们不喜欢的、他们最关注的，老实来讲，那些东西对我来讲，兴趣缺缺。我很不愿意，即便是为一个小说而去……

大春：而且你也不愿意去指控那些东西浮浅而繁琐，对不对？

天心：不想花时间。

大春：不想花时间？

天心：对对对，因为连你要去指控它你都先得做一点功课，这个做功课对我来讲我都想逃避，所以我会把时间拉到三十年后，因为那个镜头一远的话，细琐的东西你可以不用去面对。

大春：是了。

天心：可是，后来，就是我刚刚讲的，必须付出的代价就是，其实连大风大浪，也是被镜头一拉远拉成了是平静无波的东西。所以写起来好……就是细琐的进不去，可是重要的东西也显得很……很平庸、很无趣。

大春：这个跟你过去——不只是十年了，我看至少有三十年了，越来越持续地关注公共议题——有人认为是政治问题，我认为那是一个公共议题，包括很多文化的问题，或者是动物的问题——你跟这个有关吗？也就是说你变成一个公共知识分子的角色可能远大过于一个写小说的匠人的角色了？

天心：嗯，对，我觉得好像那是给自己的一个……一个功课，我甚至以为每个创作的人多少都应该是这样。我常常会很好奇，你不能够白白来这个世界一趟，两千年前的人一定很好奇说两千年以后的人他们在想什么？那包括可能五十年后的……也就是看回台湾，说我们这一代人到底在想什么？像是我会觉得我好庆幸，我站在一个他们想破头都无法知道的一个时间点，所以好像有必要用你的笔去响应你来的、你所处的这个现世这么一趟。我以为每个作家好像都……

大春：天职如此是吧，应该至少……

天心：……都会面对这样一张考卷，然后也都会用你的方式作答。我觉得会。

大春：是。我们刚刚提到了用笔的人可能有服务公共的义务这个概念。但是对你而言，好像这个公共生活里面还有更明确的情感，当然我们要透过这个情感才能回到你怎么去在《初夏荷花时期的爱情》里面，去认识更贴心、贴近于个人的感情生活。在这个公共的议题里面，我还想再问一个问题：从你几个短篇，《新党十九日》或者是《佛灭》那个时期以后，你觉得台湾的这个公共议题，透过用笔的人更深化了吗？或者说，更庞杂而更众声喧哗了？

天心：嗯，要是只是我很主观地说，我会觉得就算是有一些我认为很认真的、成绩也很好的作者来讲的话，基本上我还是都觉得，都只能写到其中一端，我作为读者，并没有能够被他们的作品所满足。我想要是有一天我觉得，这个写得真好、把我该做的考卷都代我做完了，我就下课去了，这样。

大春：是。我相信刚刚这一番话，在有心成为，至少偶尔地扮演公共知识分子的作家来说，是一个非常重要的提醒，甚至我都愿意讲这是天心提供的暮鼓晨钟。对公共生活的关心，似乎并不全然是你的创作的核心。你刚刚提到了爱情，《初夏荷花时期的爱情》描述了一个看起来，我相信在任何一个青春正盛的孩子心目之中，都是没有资格谈爱情的人，但是她的爱情是如此地……凶猛啊，也如此地悲哀。你设想过它在你的生活里头，好像是哪一些故事拼凑出来的吗？我总感觉它是各有所本的。

天心：嗯，有。其实，要是要简单地一言蔽之的话，其实我会这样描述，就是说，其实我是在为我们四年级（1950年代出生——编注）女生写的这样的一个作品。它里面的人物设定，可能是四年级头班、四年零班的，即将要在今年就……

大春：要六十岁了。

天心：嗯，对。因为把时间拉到要比我要年长这么多的状况，是可以把我所微妙感觉到的一些东西夸张一点，就好比老年，可能我才初老，可是推到快六十不能不叫正在老嘛，所以你可以比较夸大一些比较戏剧化一点。我可以念一下米兰·昆德拉的一段文字吗？因为，我在写完这个的时候，再去看，正好才看到米兰·昆德拉最近的这本，其实在今年八月出的哦，我才会觉得说，要是我早看到他这段文字的话，大概就不用写这……

大春：你的考卷……米兰·昆德拉替你把考卷答完了是吧？

天心：对对对。可以念一下吗？他其实是替美国作家菲利普·罗斯写的，题目叫"加速前进的历史里的爱情"。你刚刚在问我说那个大题材、公共议题的，跟比较私密的感情的题材，是怎么样的一个关系，我觉得其实就是"加速前进的历史里的爱情"。他是这么说了一段："历史的加速前进深深改变了个体的存在，他过去的几个世纪，个体的存在从出生到死亡，都在同一个历史时期里进行。如今，却要横跨两个时期，有的时候还更多。尽管过去历史前进的速度远远慢过人的生命，可是如今历史前进的速度却快得多，历史奔跑，逃离人类，导致生命的连续性、一致性四分五裂，于是小说家感受到这种需求——在我们生活方式的左近，保留那属于我们先人的、近乎被遗忘的亲密的生活方式的回忆。"我当然很想，这一次会意识到跟读者对话，过往的创作其实很……几乎不会意识到读者。我会意识到现在十几二十岁的小孩，很想跟他们讲，你们四年级的妈妈并非你从小记忆里的就是如此……

大春：她不是生下来就更年期的，对不对？（笑）

天心：（笑）对对对，如此地老、如此地无趣、如此地保守、如此地没有梦想、没有……好像没有、不知爱情为何物一样，好像会想对他们作这样子的一个对话。

大春：你这句话让我想起来，多年以前，有一位女性的批
评家评论琼瑶的爱情故事，她大概指的是《几度夕
阳红》里面分两代的爱情。她说明明上一代的那个
妈妈，在年轻的时候也是如此憧憬爱情的，为什么
到了她当了妈的时候她就那么样地古板、那么样地
守旧，她说这个太不写实了……可是好像看起来，
琼瑶还蛮写实的，只是从年轻的，或者从青春正盛
的这个角度去看，年长者似乎已经没有办法体会爱
情的真正的……或者说在年轻时候的那种激烈。可
是在这里恰恰就反映出来，你在《初夏荷花时期的
爱情》里面所反映的另外一套，我觉得，对爱情周
边的价值以及生活的一种反省——我特别想强调的
是，公狮子。你可能已经非常清楚地捉摸出，各种
形式的公狮子，尤其是对自己的伴侣失去了情味的
公狮子的……不道德哦我甚至觉得，你认为这里面
是个道德问题吗？或者说这里面是一个回到生命里
的自然的生理问题？

天心：嗯……

大春：公狮子对母狮子，他的伴侣视而不见，眼睛没有contact，对不对？这个很有趣，我想很多的公狮子跟母狮子，尤其在稍微有一点年纪了，是不会碰触这个问题的，可是你却花了一个长篇的……虽然不是太长的，去面对这个没有视觉交触的……我觉得这好像看起来背后有很大的道德焦虑。

天心：事实上我还是很好奇，写这篇文章是摆荡在你刚才的两个疑问中间，因为我的公狮子不肯告诉我。（笑）

大春：（大笑）你家的公狮子不说？

天心：（笑）对，我家的公狮子不说，我只好……

大春：（笑）他去写毛笔字，是不是？每天回家写毛笔字，唉……

天心：第二个，我觉得既然要写爱情的话，因为爱情我觉得，因为大概人人都有经验，所以其实人人都能写，那它的难是在，你如何可以到这种已经被写烂的题材里头，写出一个……不管人家是怎么看，自己还觉得可以津津有味地写……我觉得要写这个，我就会把它摆在一个比较困难的命题里头，就是摆在一个中年，甚至中老年话题里头。因为，爱情还是应该是跟年轻、美丽、热情，那几乎是烧到白热化的那种没有杂质的……跟那一起。我记得我在咖啡馆里头写，每次有任何的一对中老年夫妻在我的邻座，都会让我不想再写了，因为我都觉得，发生在他们身上的话这好……好丑陋哦。

大春：嗯。

天心：几乎都是很不美的事情，你很难把一个跟刚刚讲的那种青春美丽、所有的飞扬的那么纯粹的一个激情的东西，落在我眼前这么衰颓这么……会觉得几乎是不可能，可是我觉得大概就是这个不可能，会让我对这样一个熟烂的题材会有一个攻坚感吧，给自己一个难题，可是我不晓得做得好不好。

大春：如果我是这印刻出版社的老板初安民，我先印它十万本，我认为这是一本非常好看的书。篇幅不是很大，对于惯习了天心处理大叙事题材的，或者是有心呈现大叙事面貌的这些读者而言，这本书可能比较薄。但是，我认为这里面，有一种不可忽视的、凶猛的诚实，我们待会儿会回头来看诚实这个问题。我们先看看另外一个问题，那就是我自己一直有一个印象，就是，西甯先生在很多年以前有过一篇小说，《那年夏天荷花塘里的处女航》，写的是青春男女、高中生男女的恋情，同时期还有好几篇，我记得还有《青青锦藤》，这些跟《初夏荷花时期的爱情》有遥远的联系吗？

天心：其实你不提的话，我脑子里完全没有这个事情。

大春：因为它看起来跟你的爱情的两端是有联系的哦，可以稍微说一说，假如就你而言，我现在讲的不是故事里的人物，在你的生活里面，你的婚姻生活里面，或者你的爱情生活里面，你看到了什么样的独特的悖反于你在憧憬爱情的时候、充满热情和希望的时候，在经历过真实的人生几十年了，你觉得有很大的变化吗?

天心：我还是觉得我自己的是太特例。好比我跟唐诺认识太久了，我们大概是……

大春：你们高中就……

天心：对，高一就认识，然后认识十年，没有其他对象，然后应读者要求，就只好结婚。到现在其实好像爱情或是感情在这样的一个关系或状态里头，扮演的成分好像是越来越……不在吧，还是怎么说。可是好像这个不在，也不大是跟年纪同步的。大概我们的相处很早就是，感情只是里面的……

大春：一小块?

天心：蛮小块。

大春：那个激情是蛮小的一块，对不对?

天心：对、对，所以我觉得好像共同分享的东西可能是，真的是同业、同行，或甚至我自己这几年会讲说他很像是一个教练，在盯着运动员这样，这个关系会好像是更坚固过其他的。

大春：回到这里我们就会发现，当我读这个小说的时候，
实在是不能避免地去picturize哦，就是把作者跟书
中的主角（天心：对，因为年龄很近。）合在一起。
所以那你写小说，你不担心你的读者会用这种方式
来闯入你根本没有经历的生活吗？

天心：好像很早就解决这个问题。（大春：是吗？）对，
我觉得我自己始终在写，包括最被人说的《佛灭》
或什么的时候，我觉得都是在平常下笔前的时候，
自己会有很多很多的过滤的机制，或是反复在思索
揣摩你的个人跟你可以容忍出现在纸笔之间的那种
关系。我觉得之前会，可是真的到下笔那一刻的时
候，好像是，这些机制、刹车机制全部都不在，都
不发生。

大春：是。这部小说在最后的好几个章节，让我看到了你
好像也有意在形式上做一些或然可能性的尝试，这
个仍然会让我想起西甯先生在他的短篇小说，《冶金
者》吧，有几个或然的结尾。你也仍然是在没有意

识的状态之下，继承了这些吗？

天心：应该，其实还蛮多作家也都做过这样的尝试，所以我想我在尝试这样的时候，其实是在回到一个……其实还是有一点委屈的状态……

大春：怎么说？

天心：就是说每一个作家都玩过，我都没有玩。对，都会有那样一个感觉。所以我觉得我是第一次好像是，享受到作家的那个乐趣和特权，去玩弄笔下的人，把笔下的人像白老鼠一样放在一个你装置好的箱子里看，嗯，一个特定的条件它会有什么反应，然后再把它拿出来，放到另外一个不同条件的一个箱子……我觉得我第一次有这样的一个乐趣。

大春：对，我也注意到在你过去的写作生涯里面，好像从来没有玩过，不要说技术或者说技巧，你好像从来没有耍过任何一个在某一些号称现代小说家或后现代小说家随手在玩的那些游戏。是因为题材的缘故吗？因为这个牵涉作家同行之间的好奇以及诚实。

有的时候我会觉得，在你的这个尝试里面，包含着某一种跟这个题材必须如此的一个呼应，也就是说在一个更年期的女人身上，许许多多的人生状态都必须透过想象来完成，那这个想象又不是真正能够落实在生活里面，所以小说就必须让人物处在这种或然可能性的状态之下来进行叙述，是这样吗？

天心：嗯，也是。可是，就是再退一些想的话，基本上还是，我自己在写作阶段里的一个放假的时候，大概是我写《南都一望》的时候，准备了这么久，然后也觉得这一辈子一定非得写不可了，结果在我自己看来是严重失败到这种地步的时候，甚至会失败到你会动摇——你到底是不是能写的人？所以，我觉得，我想试着用其他的作家都常常在用的那个小说家的乐趣和特权，捡回那种说我自己还可以写东西的感觉。

大春：其实就是说你在钢索上，带了平衡杆，用力跑步，看看你能不能够回到平面上跑百米。夫妻之间的生活呢，"像冰块化了的温吞好酒，或者隔夜的冷茶"，你用了好多个比喻，在中间不断地描述这一对夫妻彼此的淡漠，甚至还有一点儿憎恨，这个作为一种男女之间、夫妻之间、婚姻内部，应该还有一个你惯常会揭露的更大范围的情感的比喻或象征，你是试着把你自己的作品往大处看吗？

天心：嗯，并没有意识到。我都觉得，只要能够还算诚实、还算敢暴露那个残酷跟丑态的、逼近这个年纪状况的话，我就会觉得对自己来讲的话已经是……是功德一件。

大春：是。在小说里面大概每一个作者都希望能够创造几个经典场面，让读者在人生之中永难忘怀，甚至天天想起（笑）。包括比如说一个人躲在角落里抠脚皮，这个你不断地使用，抠那个脚皮的猥琐，以及它反爱情的这种强烈的印象感，那就看起来就已经非常活脱脱地呈现了婚姻生活，或者说婚姻内在，在时间的浸染之下变得无趣或无味。但是这里面，我总觉得还有意指，至少我的感受，我觉得这里面牵涉着人对自己身体的一个无限的回归，而且只拥有自己身体最狭窄的小的角落，它的根本已经不是热情或者是性欲，可是它就会变成一个极其专注而无聊的悲哀了。佟振保洗脚的时候发现，他明天还会变成一个好人。这是张爱玲的。那我总觉得你这个抠脚皮是跟佟振保是有远远的联系的。

天心：嗯。当然很多我也必须说，一定是根源于……就是你会观察身边所有的人，你当然自己就是一个最好的……或是你身边的家里的那只公狮子，就是最好的一个观察也最诚实的一个对象嘛。其实我在写这个的时候，有一个很大的动力就是，我记得唐诺跟我讲，他面对快五十的时候，他会好高兴，他觉得那种对性的一种……这个透露他的私生活……终于可以离开它了，就是我在书里头写的那种"神奇之兽"，所谓身体里的神经。因为他后来会觉得好自由，觉得看待整个世界一下又……即便你每一刻，其实十几二十年来，从出生到现在，每一刻都是那么认真在看，可是突然好像是耳聪目明，再也不同。

大春：就是摆脱了性欲的束缚，变得耳聪目明，但是还是会抽烟，是吧？

天心：（笑）你说得好奇怪，对。所以我觉得那种自由的感觉对我来讲，我一点感觉不到，所以会非常非常好奇。包括我们对年轻时候的回忆，因为那时候有很好的朋友，很好的、很开心，所以我对过往是非常非常地愿意回忆的。唐诺是完全不回头的，因为他觉得那是在他一个很失控的年纪状态，他只要一想他说了很多夸张的话，说了很多他不懂而说得这么大声的话，他就会真的是满头冷汗。所以我觉得好像，我不晓得这是性别还是只作为两个个体的差异，我不知道，可是这会对我来讲是一个很大的探索之谜。

大春：所以有个感受我也不断地想要重新提，我总觉得这还是一部未曾完成的书。如果要让你把这本书再……多一些想象吧，你会从哪一些角度再给这本书更多的思考，或者更多的篇幅，甚至实际把它写出来？

天心：嗯，那我觉得可能是要我自己真实的人生更相同一些……不同的时候，也许十年以后，真正的老年再回来看的时候，再来写的时候，又会有很不同的光景吧。

大春："初夏荷花"的象征性，给没有看这本书的听众一些提醒？

天心：一些提醒？

大春：为什么是初夏，为什么是荷花，还有，这个时期你觉得有多长？

天心：其实我用这个书名的典是偷胡兰成的哦，因为他在追求一个女生，他们当时候大概都是在四十岁左右吧，女生在那个年纪觉得很不好意思，我们这个年纪怎么还来谈爱情，那他就说，我记得他的意思就是，春天的李花、桃花都开过了，夏天有夏天的不同的花事。那，我大概是用他这样子的一个典吧，我想，他还真的是很厉害，可以把那样一个中年的场景，瞬间用文字提炼到如此看了令人向往、如此神清气爽而且是，吊到一个……

大春：不会太庸俗，是吧？

天心：不会太庸俗、不会是肉体衰败的。

大春：是。这本书还提醒了我们一点，或至少对我来说，那就是在你永远没有办法猜测的角落里面，会有一种借由性作为譬喻的欲望，或者是热情，而这些东西如果失去了，很可能我们对所有其他人事之间的宏愿、大愿或悲愿，也都是虚假而空无的。你对于年轻的人读这本书，会不会有一些期待，或者会不会有一些猜测？至少我认为，如果在十八岁以前，又基于对作者的喜爱，那么我看了这本书以后，会吓得一身冷汗，会认为这是我这一辈子看过最恐怖的一部小说。

天心：（笑）真的？我还以为会若干程度地得到抚慰，就

是说，没关系，放心，就大胆地往前走吧，到了

五六十岁还有五六十岁的……的……

大春：……的太恐怖了！（笑）

天心：（笑）嗯。

大春：来，你认为年轻的人们，可以有什么方式去理解？难道真的就是大胆地去看，从肉体到欲望的衰败吗？

天心：其实，我还是会很希望他们可以有一个新的眼光、不同的眼光，看待他们的上一代吧。因为我记得两千多年前的一个阿拉伯作家就讲过说，其实他们同代人之间的关系要远过上一代的。两千年前就这么说，我觉得我们这个时代只会更严重，就是那个上下代的断裂，所以要是能够，十几岁的小孩看了这个书，觉得嗯父母其实可能也年轻过的时候，也许会有一个不一样的相处关系吧。

大春：是。十年磨一剑，郑重向您推荐，朱天心《初夏荷花时期的爱情》，不能错过。

文景

社 科 新 知　文 艺 新 潮

Horizon

初夏荷花时期的爱情

朱天心 著

出 品 人：姚映然
策划编辑：刘志凌
责任编辑：庞　莹
营销编辑：杨　朗
装帧设计：陆智昌
美术编辑：安克晨

出　　品：北京世纪文景文化传播有限责任公司
　　　　　（北京朝阳区东土城路8号林达大厦A座4A 100013）
出版发行：上海人民出版社
印　　刷：北京盛通印刷股份有限公司
制　　版：北京金舵手世纪图文设计有限公司

开 本：850mm×1168mm　1/32
印 张：6.625　　字 数：81,000　　插页：4
2010年8月第1版　　2021年9月第4次印刷
定 价：49.00元
ISBN：978-7-208-09414-7/I·810

图书在版编目（CIP）数据

初夏荷花时期的爱情 / 朱天心著.—上海：上海
人民出版社，2010
　　ISBN 978-7-208-09414-7

　　Ⅰ.①初… Ⅱ.①朱… Ⅲ.①长篇小说–中国–当代
Ⅳ.①I247.5

中国版本图书馆CIP数据核字（2010）第125304号

本书如有印装错误，请致电本社更换　010-52187586